スェル
エピク
「僕が……、
僕が今、
街で最強の冒険者ですッ!!」

「あら可愛いお顔なのに
随分勇ましいわね？」
+ メドゥーサ

+ヘリシナ
+リザベータ

Contents

Yakuso saishu shika dekinai
shonen, saikyo skill
"sho-metsu" de nariagaru

〈プロローグ〉役立たずの最強スキル

僕の名はエピク。

冒険者だ。

しかしながら大した冒険者じゃない。

十歳の頃から始めて五年もかけているのにいまだに最下級のＦ級。

一度も昇格しないまま今日を迎えている。

それもこれも僕がスキルに恵まれなかったせいだ。

いいスキルを持っていればこそ困難なクエストを乗り越え、上を目指すことができる。

しかし僕はそんな大したスキルを生まれ持たなかったので一生底辺にいることを約束されたようなものだ。

そんな僕にできることといえば、そんなに多くない。

薬草採取。

新人冒険者がやらされるもっとも簡単で安全なクエストを、僕はもう五年間何度も何度も繰り返していた。

◆

今日も同様だった。

採取袋がパンパンに膨らんでいるのを確認し『今日はこれくらいにしておくか』と立ち上がる。

もちろん中身は薬草しか入っていない。

「ずっと中腰だったから、きつ……！」

朝からずっと同じ体勢であった腰をいたわっていると、どこからか危険な気配が漂っていた。

振り向くと、そこには巨大な毛むくじゃらが聳《そび》え立《た》っていた。

モンスターだ。

体中から角の生えたクマのようなモンスター。表情も凶悪で、こんなものが腕を振り上げ、殴りつけた暁には人間なんて跡形も残るまい。

「ガリゴリグリズリーか……」

僕も冒険者の端くれ、危険なモンスターの名前も一通り叩《たた》き込《こ》んでいる。

クマ型モンスター、ガリゴリグリズリーはＢ級冒険者の討伐対象。

それくらい危険なモンスターで、最底辺のＦ級が間違っても対していいものではない。間違いなく命を失うだろう。

しかし僕は、死の覚悟などしなかった。

僕の持っている唯一の役立たずスキルが、威力を発揮する数少ないケースなので。

『グォオオオッ!!』と唸《うな》り声《ごえ》を上げて腕を振り上げる大クマ。

僕のことを獲物か、嬲《なぶ》って遊ぶ生きたオモチャだとでも解したのだろう。

その凶悪グマに向けて手をかざし……。

「……『消滅』……」

次の瞬間、モンスターは影も形もなく消え去った。

『ボウッ』という空気が弾ける音と共に。

すべて何もかも消え去った。

返り血も肉片も、先ほどまでここにモンスターがいたという痕跡すら残っていない。

これが僕がたった一つ持つスキル『消滅』。

任意対象を瞬時のうちに、跡形もなく消し去ることができる。

抹消する対象に条件はない。相手が堅かろうと脆《もろ》かろうと、不定形で衝撃吸収するタイプだろうと、何なら霊体であっても問答無用で消し去ることができる。

このスキルを授かって『無敵じゃん』と浮かれたのは最初の頃。

しかしすぐに大したことがないということがわかった。

何せこのスキルは、対象とするすべてを『消滅』させてしまうから。

跡形どころか塵《ちり》すら残らない。

大抵の場合モンスター討伐クエストでは、ちゃんと倒したことを証明するためにモンスターの死体そのものか体の一部を届け出る規則になっている。『消滅』スキルを使ったら死体なんか当然残らないし、討伐証明は不可能だ。

モンスターの一部を素材として持ち帰るのも当然無理。

だからこそ僕のスキル『消滅』は、どんなモンスターでも倒せる無敵のスキルながら、倒したところで何の益もない役立たずスキルでもあった。

だから、そんな僕にできることといえば薬草を摘むことだけ。

薬草は無抵抗だから『消滅』スキルを使うまでもなく手摘みで採取可能だから。

「まあ危険を排除して森の奥まで分け入ることができるだけ得だけど……」

役に立つといえばそれくらいだ。

そんな役立たずスキルを得てしまった僕は今日も、薬草だけ袋に詰めて森をあとにするのだった。

✚〔一章〕冒険者ギルドを出禁になる

僕は、最底辺冒険者のエピク。

今日も薬草採取クエストを終えて帰還。

冒険者ギルドは他の冒険者たちで溢《あふ》れかえっていた。

「おんやあ？　最底辺のクズは今頃出勤ですかあ？」

僕の姿を見つけて、冒険者の一人が早速絡んできた。

「クズのくせにトロくせぇこったねえ？　そんなんだから何年経《た》っても昇格できないんだぜぇ？」

「バカ違《ちげ》ぇよ、よく見ろよ！　コイツは今クエストが終わって帰ってきたんだよ!!」

「えぇーッ!?　オレ、このクズがクエストに出るところ見てないぜ!?　だから今から出勤と思ってたんだがなあギャハハハハハハ!?」

「それはお前が今日昼からクエスト始めたからだろう!?　飲みすぎで朝のうちはグダッててよ！」

「冒険者が酒飲まなくてどうすんだってよ!!　朝から規則正しく『出勤』するなんて、この真面目ちゃんぐらいのもんだって!!」

と僕を指さして言う。

「無能は真面目ぐらいしか取り柄がねえってか!!　ギャハハハハハ!?」

一般的な冒険者は大体、朝に出たら昼頃にはクエストを終えて帰ってくる。

標的となるモンスターを行って倒して帰ってくるだけで比較的時間がかからない。

それで充分に一日分の稼ぎを得ることができたし、なんなら昼過ぎに活動を始める人たちだっていた。

対する僕は、稼ぎ分となるだけの薬草を集めるのに広範囲を歩き回らなければいけないから、その分時間がかかった。

初心者向けの安泰クエストである分、量をこなさなければいけなかった。

朝早くから出て、日暮れまで一日中森をうろつき回る。

そんなことをしている冒険者はギルドで僕一人だけだった。

「朝から晩まで真面目に働くくらいなら、街の勤め人にでもなればいいだろうによぉ。無能には働く場所を選ぶ知能もないってか!?」

「あんまりからかってやるんじゃねえよ。当然のこともわからないからバカって言うんだろう!?」

もはや日常となっている揶揄《やゆ》を無視して僕はギルドカウンターへと向かった。

今日の成果である薬草を納品する。

「F級冒険者のエピクです。最初級クエスト『薬草採取』の達成報告にきました」

「かしこまりました」

受付をするお姉さんに、摘んできた薬草を渡す。

納品物の査定は受付の仕事。受付のお姉さんは、袋から薬草を出してカウンターに並べると、葉の色艶や、ちぎった部分の状態を注意深く観察して……。

「……はい、どれも最高の状態です。報酬は満額支給でいいと財務部に伝えておきますね」

「ありがとうございます」

受付嬢さんからの言葉に僕はホッと安堵《あんど》した。

薬草採取は、F級冒険者でも受けられるほとんど唯一の簡単クエストであるだけに報酬も安い。

ただでさえ安い報酬を、採取した薬草の状態の悪さで減額されては生活していけないので、そこは慎重にしていた。

摘む時も、薬草の品質を落とさないように細心の注意をしているし、保存も教わったり研究したりした最善の方法で万全を尽くしている。

「薬草を引き取ってくれる薬師の方々も褒めていましたよ。エピクさんが採取してくる薬草は最高品質で、いいポーションが作れるって。いつもよいお仕事をしてもらってギルド側も感謝しています」

「いえ、僕はこれくらいしか取り柄がないので……!!」

受付のお姉さんは、とても感じのいい微笑《ほほえ》みで僕のことをねぎらってくれる。

長いこと冒険者ギルドで薬草採取の仕事をしてきて、ほとんど唯一と言っていい報われる瞬間であった。

「エピクさんはF級ですが、クエストに対する誠実さはウチのギルドでも一番だと思っていますよ。朝から晩まで休みなく打ち込んで、地味な仕事でも最高品質を維持しているのはエピクさんだけです」

「はあ……!!」

「他の冒険者たちは、素材納品でもモンスターの解体が雑だったり、酷《ひど》い時は死骸を何の処理もせず持ち込んで『あとはギルド側でやれ』なんてのもありますしね。……いえ、これはただの愚痴でしたね……」

「た、大変ですね……!?」

このギルド受付嬢さんは基本いい人だが、それでも仕事のうっ憤は溜《た》まるらしい。

下手に同意しても危ういので、適当に笑って誤魔化《ごまか》した。

「とにかくエピクさんの仕事は丁寧で助かりますってことです。これからもよろしくお願いしますね」

「その必要はない」

えッ?

僕と受付嬢さんとのやり取りに、唐突に割り込んでくる何者か。

その声は濁っていて脂ぎっていて、どこか非常に不快な声だった。

視線を回し、その声の主を視認して納得すると同時に緊張した。

やけに恰幅《かっぷく》のいい中年男性が、侮るような視線で見下ろしてくる。

「ぎ、ギルドマスター？　どうしてこちらに？」

受付嬢さんも自然声と表情が緊張してくる。

冒険者ギルドの頂点に立つマスターが、こんな受付スペースまで降りてくるのは滅多《めった》にないことだった。

「何、長年ギルドに仕えてくれた冒険者に引導を渡すのに、ギルドの長《おさ》たるオレ様が直接するのが礼儀だと思ってなあ。たとえ相手が、長年何の役にも立たなかった寄生虫みたいなヤツでもな、ヒッヒッヒ……！」

ギルドマスターは、生理的嫌悪を催すような気味の悪い笑みを浮かべている。

「ど、どういう意味です……!?」

受付嬢さんは僕に代わって戸惑いを表すが……。

「言っただろう『必要ない』と。理解の遅いグズは本当に扱いが困るわ。サクサクと話が進まん」

「だから、どういうことなんですッ!?」

「要するに、そこのクズは今日限りでこのギルドへの出入りを禁じる。追放ということじゃ」

ギルドマスターの突き出した指は、明らかに僕に向けられていた。

僕が冒険者ギルドを追放？

どうして……!?

「『どうしてかわからん』という顔をしておるなあ？　そんなこともわからんか？　自分がなんでギルドから追い出されるか？」

「わかるわけないじゃないですか！　エピクさんは薬草採取のクエストを毎日完璧にこなしてくれているんですよ!?　落ち度なんて一つもありません！　それなのに……!?」

　受付嬢さんが僕に代わって抗議してくれるが、そんなことは意にも介さぬとばかりに。

「本当にわかっとらんな？　落ち度？　薬草採取なんて最底辺クエストしか受けておらんこと自体が『落ち度』だと思わんのか？」

「そんな……!?」

「このオレ様が支配する冒険者ギルドは、他の街のところとは比較にならん最強最高の冒険者ギルドでなくてはならんのだ。だから無能はいらん。ハイクラスの冒険者だけがオレ様のギルドに籍を置く資格があるのだ!!」

　僕が冒険者ギルドに登録してからもう何年も経つ。

　その間、新たに登録してF級から始まり、すぐさま昇格して僕を追い越していった後輩が何人いたことか……。

「最低辺のF級にい続けて何年も……。一度も昇格できない時点で、見込みがないことに気づけんのか？　普通なら自分から身を引くべきところを未練がましく居座っておるから、このギルドマスター様直々に切り捨ててやろうというのだ、有り難く思え!!」

「待ってください！　エピクさんは現状、もっとも信頼できる薬草採取の引き受け手ですよ!?　彼がいなくなれば他に誰が……!?」

「薬草など、他の正当な冒険者どもが持ってくるモンスター素材に比べればゴミじゃろうが！　価格もな！　なくなろうと何とでもなるわい、こんなもの！」

　そう言ってギルドマスターは、カウンターに広げられたままになっていた薬草を、その手で払い落とした。

　今日、僕が日中駆けずり回って集めた薬草が、床に落ちる。

　それを追い打ちとばかりに踏みつけ、靴底でグシャグシャとにじる。

「ギルドマスター!?　なんてことを!?」

「薬草などゴミと同じよ、コイツと同じでな！　さあギルドの役に立たんゴミはさっさと出ていけ！　オレ様の冒険者ギルドは最強最高！　それに所属する冒険者も最強最高が相応《ふさわ》しいのだ！　オレ様のギルドにいる資格のないクズは、オレ様の手で排除する！　それがギルドマスターであるオレ様の仕事よ！」

　僕があんなに苦労して集め、品質が落ちないよう気を付けて保存していた薬草も、ギルドマスターの靴の裏でグシャグシャとなっていた。

　あれではもう売り物にもならない。

　本当にゴミ同然のシロモノだ、僕と同じように……。

「納得いきません！　特に違反も犯していない冒険者を、特定のクエストだけしか受けていないなんて理由で追放するなんて……！　ギルド理事会に報告します！　その上で正当な判断を……!!」

「いいです、そこまでしてもらわなくても大丈夫です」

僕に代わって激昂《げきこう》してくれる受付嬢さんをなだめる。

いつかこんな日が来ると覚悟はしていたんだ。

万年最底辺のＦ級冒険者。そんな僕がいつまでもギルドにい続けられることなんて無理だと。『お前なんかここにいる資格はない』と言われる日が来るんだろうと覚悟していた。

そう言われた時は、足掻《あが》きなどせず潔く去ろうと。

「僕なんかのために、そこまで抗議してくれてありがとうございます。でもずっとＦ級から上がれない僕が今日までギルドにいさせてもらったこと自体恩情だったと思っています。『出ていけ』と言われたら出ていくしかありません」

「ハッ、無能がよくわかっているではないか！　しかしそこまで弁《わきま》えているなら、言われる前に自発的に去ってもらいたかったがのう！」

「これまでお世話になりました」

踵《きびす》を返し、出口へと向かう。

明日以降、僕がここへ戻ってくることはもう二度とない。

「おいおい、せめて今日分のクエスト報酬は貰《もら》っていかんのか？　ああそうだ、今日の分の薬草はグシャグシャになって納品不能だったな！　底辺のクズ冒険者は採取品の管理すらロクにできずに困ったもんじゃわい!!」

ギルドマスターの高笑いを背に、僕は冒険者ギルドを去った。

差し当たって明日以降どうやって生活費を稼ごうか、というので頭の中がいっぱいだった。

ギルドを出ようとする間際に声を掛けられた。

「へいへいへーい、景気悪そうな顔してどうしたのクズ冒険者のエピクちゃーん？」

あからさまに侮蔑の声音を送ってくるのは、ギルドの出入り口辺りで屯《たむろ》している一団。

それでも冒険者ギルドで屯しているなら冒険者であろうが……。

「知らないんすかガツィーブさーん？　コイツとうとうギルドをクビになったらしいですよー？」

「はー、ついにかよ？　まあオレからしたら遅すぎるぐらいだけどな。こんなクズのＦ級野郎がよぉ？」

くっちゃべっているのは、冒険者ギルドでもトップクラスに属する強豪パーティの面々だった。

パーティ名はたしか『最強の強者』だったっけ……？

「冒険者ってのは冒険してこそなんぼだぜえ？　せこせこ薬草なんか摘んでるヤツが冒険者気取りなんておかしいってオレは常々思ってたんだよ！　やっとクズが冒険者ギルドから消えてくれて清々するぜ！」

「やっぱ世の中正しい方が勝つってことだよなあガツィーブくぅん!?」

「そうそう、オレらみてえな最強冒険者が最後には残るってことよ!!」

パーティの中心になっているガツィーブという男性冒険者は、たしか今年D級に昇格したばかりだったはずだ。

「元冒険者のエピクちゃんよぉ！　冒険者ギルド卒業おめでとうございまーす！　ああ、卒業じゃなくて中退って言った方がいいのかな？　ギャハハハハハハ!!」

「どうも……」

「そんなエピクちゃんにオレからお願いがあるんだけどさー？　たとえ『元』でも冒険者でしたなんて言わないでくれるー？　テメエみてえな無能と同類と思われたんじゃ、全冒険者が迷惑なんだわ！」

取り巻きの冒険者が一斉に笑い出す。

『まったくその通りだ』と言わんばかりに。

「薬草取りしかできねえ無能にはわからねえだろうがな。冒険者ってのは強いモンスターを討伐したり、ダンジョンを制覇してこそなんだぜ。テメエみてえなクズはそんなこと考えたこともないんだろうがよ。その時点でテメエには冒険者の才能なんかなかったってことだ」

そうかもしれない。

日々の生活を追うだけで夢も見なかった僕は、そもそも最初から冒険者適性などなかったのか。

「これからは夢も希望もねえ一般人の立ち位置から、この最強冒険者ガツィーブ様の活躍を見守ってくれよ！　オレはいつか魔の山の魔獣を討伐して、最高のS級冒険者になってやるんだからよ！」

「……魔の山には絶対登るなってギルド規定に記されていませんでしたっけ？」

「バカが、規則なんぞに縛られないからこそ冒険者なんだろ！　最強D級冒険者のガツィーブ様にはルールの方が従うんだよ!!」

どうやら何を言っても通じない手合いのようだ。

僕は、かまわずギルドを出ていく。

「おやぉ、もう尻尾を巻いて逃げるのか負け犬のエピクくぅん？　もう少しオレの話を聞いた方がいいんじゃねえの？　最強D級冒険者ガツィーブ様と会話したことがあるなんて、きっとテメエの人生最高の誇りになるんだからよぉ？」

「ガツィーブさんと関わったことだけが自慢の人生かよ！　ウケるぅ!!」

「無能には自慢できることがあるだけ幸せだろ!?」

ゲラゲラと嘲り笑いの大合唱に背を向けて、僕は冒険者ギルドを出た。

そう、僕にあんな人たちと関わっている暇はない。

明日からの生活をどうするかが緊急課題なのだから。

◆

他に何の能もない僕にとって、唯一冒険者ギルドでの薬草採取だけが生きる術だった。

元から身寄りもなく孤児院で育った僕には頼るべき親類もなく天涯孤独。

それでいて僕は『消滅』以外のスキルも持たず、『計算』や『目利き』などの生活スキルでもって商家へ丁稚《でっち》奉公することもできず、生業は本当に限られていた。

同じように孤児院から巣立っていった多くの子たちは最低でも三、四の生活スキルを身につけ、商家や職人の見習いとして頑張っているというのに。

僕は何のスキルも身につけられない。

恐らくは『消滅』スキルのせいで才能のリソース的なものを食いつぶされたんだと思われる。

使えないくせに威力だけは最高にぶっ飛んだスキルであるから。

どんなところだって、職に適したスキルの持ち主しか雇いたくない。いずれ育て上げて重要なポストを任せたいならなおさら。

そういう考えから、無能の僕を数年も置いていてくれた冒険者ギルドこそ有情というべきなんだろうか。

しかしそんな縁もとうとう切れてしまった。

僕はこれからどうやって生計を立てていくべきなのだろうか？

生きている限りは腹も減る。

家賃だって払わなければならない。

生きていくにはお金が必要で、お金を稼ぐためには仕事が必要だった。

その仕事を見つけることができないのは本当に辛い。

◆

翌日。

一晩中悩んでも何の解決策も出なかった僕は、再び森の中にいた。

そしてまた薬草を摘んでいる。

「ギルドをクビになったのになんで……!?」

自分でもバカなことをしているとわかっている。

冒険者ギルドのクエストは、登録した冒険者だけが受けることのできるもの。

ギルドを追放された僕が薬草を持っていったところで納品できないどころか門前払いだ。

それがわかっていてなお、こうして森に入っているのは日頃の習慣が働いているのか。

それとも未来の不安から逃避しようという本能的行動か。

「……よし、だいぶ溜まってきた」

考え事をしながら作業していても、すぐさま採取袋に薬草が詰まっていくから体に染み込んだ動きとは恐ろしいものだ。

しかし、いつまでも現実逃避しているわけにはいくまい。

早いとこ街に戻って職を探さなきゃ。

食料だって残り少ないし……この薬草、食べられるのかな？　とか逡巡《しゅんじゅん》していると……。

「キャアアアアアッ!?」

なんだ!?

叫び声。明らかに人のものだ、それも若い女の子。

獣や鳥の声とは断じて違う。

しかしこんな森の中で何故《なぜ》人の声が？　こんな朝早くでは他の冒険者だっていないだろうし……。

……いや、考えている場合じゃない。

あの叫び声は間違いなく悲鳴だ。悲鳴を上げるということは何か危機的なことが起こったってことだ。

だとしたら一も二もなく駆け付けるべきじゃないか、それが冒険者のあるべき行動。

もう僕、冒険者じゃないけれど。

しかしそれでも人の取るべき道に変わりはないと駆け出す。

声のした方向を頼りに向かってみると、すぐさま現場にぶつかった。

やはり少女が一人、モンスターに取り囲まれている。

「誰かッ!!　誰か助けてッ!!」

彼女ににじり寄るモンスターは複数。

低級種のディスイグァナどもであった。

大きなトカゲ型モンスターだが凶暴で悪食《あくじき》。小さな子どもなら丸飲みにしてしまうとも言われるけっして侮れない害獣どもだ。

女の子が取り囲まれたなら充分危ない。

僕は逡巡なく渦中に飛び込んだ。

「『消滅』ッ!!」

そして躊躇《ためら》いなく唯一の取り柄をぶっ放す。

スキル対象となった大トカゲの一匹は断末魔を上げる暇すらなく一片残らず消失した。

残りの大トカゲどもも突然の波乱に驚き、脊髄反射的に襲い掛かってくる。

一匹ずつ確実にスキル対象に定めて、着実に消していく。
二、三匹消したところで残りのトカゲどもも危機感を察知したのか、野生の本能に従ってスタコラ逃げていった。
「全滅させる必要はないか……」

とりあえず危機は脱したと判断して、肝心の要救助者に語りかけた。

「大丈夫ですか？　けがは？」

見たところ、ピンチに陥っていたのはやはり女の子で、しかも若く僕と同年齢かちょっと上といったところだろう。

服装や体つきからして、明らかに冒険者ではない。

「ああああ、ありがとうございます……!!　死ぬかと思った……!!」

女の子は余程怖い思いをしたのだろう。

砕けた腰にいまだ力が入らず、ひな鳥のように弱々しく震えていた。

落ち着くまで時間をかけた方がいいだろうと思い、話を続ける。

「どうして森に入ったんですか？　ここは街の規則で指定されている危険地帯です。モンスターが跋《ばっ》扈《こ》して、冒険者でもないと踏み入れば命の保証はありません」

要するに、冒険者でもないならこの森に入って死んでも勝手に入ったヤツが悪い、ってことだ。

まあ、冒険者をクビになったのに森に入っている僕も同じなんだが……。

すると彼女は、何か心の繊細なところに触れられたように。

「それは……！　冒険者が悪いんです！　冒険者ギルドが！　何もかもアイツらが!!」

「えッ!?」

溜まりに溜まった鬱憤が噴出するかのように彼女は……!?

「アイツらが突然、薬草クエストをやめるって言うから……！　仕方なくアタシが自分で……！」

ええ、どういうこと？

冒険者ギルドが、薬草採取のクエストを全面的に取りやめたってこと？

どうしてそういうことに？

それが本当だというなら暴挙だが、その暴挙に憤っている彼女がますます何者？

あてどもなく踏み入った森の中で、思いもしなかった事態に巻き込まれる僕！

◆【ギルドマスター視点】◆

冒険者ギルドのギルドマスターは、その名をギズドーンといった。

ギルドマスターの経歴は大きく二種類に分けられ、第一線の冒険者が引退してサポート側に就くか、ギルド職員が昇格という形でトップに立つか。

ギズドーンは職員出身ギルドマスターであった。

現場を知らず、命を張った緊張感も知らない職員畑のトップは現実を見誤ると疎まれる。

その反面、現場組だけに権力を握られ暴走することがないようにと政務財務をよく知る職員型ギルドマスターも必要だとされていた。

ギズドーンにもそうした立ち回りを要求されギルドマスターに任ぜられた一人ではあったが、しかし内務方なら誰でも冒険的な行動を慎むかといえば、そうとも言い切れない。

「オレ様には夢があるのだ!!」

ギズドーン冒険者ギルドマスターは、瞳に少年のような輝きを宿らせて言う。

今年で四十七歳であった。

「オレ様が支配する冒険者ギルドをな、他の街のギルドより遥《はる》かに優れた最高最強のギルドにすることだ。世界でもっとも優れた冒険者ギルドといえばオレ様のギルドが最初に挙がる！　伝説の魔物や未踏破ダンジョンも、我がギルド所属の冒険者が討ち果たすのだ！　オレ様は最強ギルドの創始者として歴史に名を刻むだろう！　グハハハハハハ！」

その痴《し》れ言《ごと》を目前にして『シラフで言ってんのか？』と思うのはギルド受付嬢のヘリシナ。

彼女はつい先ほどの出来事から非常に機嫌が悪く、他人の妄想に付き合っている精神的余裕など毛頭ない。

なのですぐさま用件を切り出す。

「そんなことよりエピクくんの除籍を撤回してください。ギルドマスターにそんな権限はないはずです」

冒険者ギルドの規定は、世界各都市のギルドを統括する理事会によって厳しく定められている。

ギルドマスターによって冒険者の登録を抹消することは可能ではあるが、それはあくまで問題のある冒険者に対してであり、しかもそれはギルドだけでなく社会に対して大きな背信行為を行った者……それこそ犯罪者にしか適用されない。

　いかに能力が足りないからといって、そんな理由で冒険者を強制追放などできるはずがないし、仮にできたとしても当人の了解なく一方的な登録抹消を行った場合、その報告を理由も添えて、ギルド理事会に届け出さなければならない。

　それが理事会側で認可されて、初めて抹消は正式なものになる。

　組織のトップに立ったとしても、勝手好き放題できるようなシステムにはなっていない断じて。

「エピクくんは、もっとも簡単なクエストといえども日々薬草採取をこなして失敗したことはありません。クエストに従事する態度は実直で、期限と規約を守り、無論犯罪歴もありません。つまりギルドを追い出される理由などまったくないってことです！」

「だからどうした？　済んだ話じゃ」

「まったく済んでいません！　彼の登録を抹消するからには、当然その旨をギルド理事会に報告しなければでしょう！　何の瑕疵《かし》もないエピクくんの抹消を理事会側が認めると思いますか!?」

「報告の必要などない。すべては我がギルドの内輪事じゃ」

　そんな勝手な言い分が通じると思っているのか。

　本当に理事会に報告もなくエピクの冒険者登録を抹消したら、ギルド規定に明確に違反したのは他でもないギルドマスター自身になり処罰は免れない。

　そのことをこの中年が理解しているとは、受付嬢ヘリシナには思えなかった。

「いいかヘリシナくん？　一介の受付嬢風情がギルドマスターに盾突く、その不敬は罪深く即時解雇に値するが、キミのその美貌に免じてオレ様が広い心で許してやっていることを理解してくれないと困るぞ？」

　そう言ってギルドマスターが送ってくる好色な視線に、ヘリシナは心底から気持ち悪さを覚えた。

「その上でキミの主張に答えるとだ。オレ様の高邁《こうまい》な思想によってこのギルドをよりよいものへと変えたい。エピクのクズはその理想を邪魔するものだ。あんなに弱くて向上心のないバカがいてはオレ様の目指す最強ギルドは完成しない。だから排除した。当然のことではないか？」

　スキルも持たず無能で弱い。

　だからこそ昇格もできず万年最下等のＦ級冒険者としてくすぶり続けてきた。

　冒険者エピクに対するギルドマスターのイメージは概《おおむ》ねそんなものであった。

　そんな半人前は、自分の作る最強ギルドにはまったく相応しくない。

　自分に飼われるならば、たとえば現状ギルド最強のガツィーブのように『切断強化』『脚力向上』といった有用なスキルの複数持ちでなくてはならない。

　そうなってこそ自分に認められる資格があるのだとギルドマスターは信じて疑わなかった。

　彼の最強ギルドに籍を置く資格が。

「最強ギルドなど……そんなものを目指しているのはマスターだけです。自分勝手な理想に他人を巻き込まないでください」

「ふん、高邁な理想が凡人に理解されないのはよくあることだ。理解できないなら、せめてオレ様の有用な駒でいるよう心掛けるのだな。そうでなければお前もすぐに解雇してやるぞ」

無論それにも、理事会への報告義務が生じるのだが。

自分に都合の悪いことはとにかくなかったことにするか、見ることも聞くこともしないギルドマスターであった。

そのことに受付嬢ヘリシナは深い失望を覚えた。

できることなら一刻も早くエピクの正当な権利を回復させてあげたいと思っていたが、それもすぐには不可能だと認めざるを得ないのだから。

ならばと切り口を変えて、間接的にでもエピクの救済を目指す。

「ではまず、目の前の問題をどうにかしていただきたいですね」

「問題？　そんなものがあるのか？　クズを追い出して今まさに問題が減ったところではないか？」

コイツはやっぱりわかっていなかった。

ギルドマスターの不見識と暢気《のんき》さに、改めて腸《はらわた》煮えくり返るヘリシナ。

「クエストのことです。薬師協会から発注された薬草採取、これからどうしていくつもりですか？　エピクくんがいなくなれば、このクエストを受けてくれる冒険者は他にいませんよ？」

「はあ!?」

真実を告げたギルドマスターの反応は、概ねヘリシナの予想通りのものだった。

意外さからあんぐり大口開けている。

「何をバカな？　他にいくらでもいるだろう？　入ったばかりの新人どもにでもやらせておけ！」

「たしかに新人はいますが、誰も薬草採取をやりたがりません。報酬も安くて地味、本物の冒険者がやることではないと……」

そうした風潮がギルド内に蔓延《まんえん》している。

明らかな問題ではあったが、一体その事実誤認はどこを病原として広まっているのか。

そんな中でもクエストを選《よ》り好《ごの》みせず、地味な薬草採取でも進んで引き受けてくれたエピクは救いだった。

彼の誠実さに頼りすぎていた、と今ではヘリシナもまた反省している。

「今ギルドにいる冒険者は誰もが皆、派手な討伐クエストしか受けようとしません。凶悪なモンスターを倒し、実力をアピールしなければ名が上がらないと」

だから薬草採取クエストなど受けるだけ時間の無駄。

そう言ってエピク以外の誰も受けないのが現状だった。

「受ける者がいないクエストは達成しようがありません。しかし一旦受注したクエストを履行不可能となったら、ギルドの落ち度になります。それはギルドのトップであるギルドマスターの落ち度です」

「そんなバカな！　オレ様に落ち度などありえん!!」

「エピクくんの届けてくれた薬草があれば達成できたんですがね。それもギルドマスターが踏みつけて台無しにしてしまいましたし」

「オレ様は関係ない!!」

見た目通りの自尊心で、ギルドマスターは自分の不手際を絶対認めようとしない。

そしてそれは受付嬢ヘリシナの思惑通りだった。

「ならばエピクくんは呼び戻さなければいけませんね。薬草採取を引き受けてくれるのは彼だけなんですから。彼に頭を下げて戻ってくるようにお願いしなければ」

「あんなクズに頭を下げるだと!? どうしてそのようなことをしなければいかん! オレ様のプライドが許さんぞ!」

お前のプライドなど知ったことではない。

と言いたいところであったがヘリシナは飲み込んだ。

どちらにしろ一旦受注したクエストを不履行となればギルドの看板に傷がつく。

それは『最強ギルド』などという妄想に酔いしれるギルドマスターには耐えがたいことだろう。

「あるいは、現在所属している冒険者たちにクエストを強制しますか? 緊急措置としてそういうシステムはありますが、間違いなく冒険者たちからの反感を買いますよ?」

それ以前にクエストの強制執行は、ギルドや都市の存亡が関わるような一大事に対処するための措置で、そんな緊急システムを薬草採取などに適用することこそ前代未聞。

本当に実行したとなったら、他都市の冒険者ギルドから笑いものとなるだろう。

それもまた、このギルドマスターの自尊心をズタズタにするに違いない。

彼がその個人的なプライドを守り抜くには、やはりエピクに頼る以外なかった。

もちろんそれすらギルドマスターには面白くないに違いない。それでも彼の自尊心にとってもっとも浅い傷で済むのはエピクに頭を下げることだった。

不本意でももっとも賢明な判断を下すだろう、……と思うヘリシナの考えは浅かった。

何よりも自分自身のことしか考えない人間が、どんな常軌を逸した判断を下すか、予想しきれなかった。

「……最初からなかった」

「はい？」

「薬草採取クエストは最初から受注していなかった。そうすればクエストの不履行にもならないし、ギルドにも損害はない！　そうだ、そうしよう！　我ながら極上のアイデアだ!!」

「何を言っているんですか!?」

『バカかコイツ!?』という絶叫が喉まで出かかったヘリシナ。

いっそ本当に言ってやればよかったとさえ思う。

「クエスト契約はしっかり交わされてるんです！　それを今さらなかったことなんてできませんよ！　向こうも契約書の控えを持っているんですから訴えられたら確実に負けますよ！」

「それを何とかするのがお前らの仕事だろう!?　いちいちオレ様を煩わせるな！　まったくこれだから指示待ち人間は使えんのだ！」

「何をバカな……!?」

あまりのメチャクチャに絶句したヘリシナだが、そのまま黙り込んでいるわけにもいかない。

「薬草採取クエストの発注者である薬師協会は、常態的に毎日クエスト発注しているんですよ！　彼らが何のために薬草を求めているか考えてください！　薬を作るためなんですよ！」

そのために薬師協会はいついかなる時も薬材を必要としている。

直近のクエストを誤魔化しても翌日翌々日もずっと発注は来るのだ。

しかしギルド内で薬草採取クエストを受けてくれるのは、エピクしかいなかった。

その場凌《しの》ぎなど打開策にはならない。

「そっ、それなら薬草採取クエストは金輪際受注せん！　二度と受けん！　それで完璧じゃあ!!」

「なッ！」

「決まったことを何度も言わせるな！　オレ様の冒険者ギルドでは薬草採取のクエストは絶対受けん！　職員に徹底させておけ！」

無論このような暴挙が通じるわけもなく、ギルドマスターは後日苦しい立場に立たされることとなる。

しかしながらそれは彼の破滅的な未来の端緒に過ぎないのであった。

◆【再びエピク視点】◆

冒険者のエピクです。

いや元冒険者エピクか。

そしてもう冒険者でもないのに薬草採取のフィールドに無断で足を踏み入れている。

そして出会ったのが目の前の少女だった。

モンスターに襲われていて危ないところだった。『軽はずみなことをしてはいけませんよ』と注意したら逆にメチャクチャ怒られた。

どういうこと？

詳しい事情を聞いていくうちに、彼女の怒りが正当なものであるとわかった。

彼女の名はスェルという。

若輩ながらも薬師協会に所属し、日々病気や怪我《けが》に効くお薬を作製しているとのこと。

そんな薬師の彼女が何故、街から出て危険な森の中にいるのか？

「ギルドが薬草採取クエストを受けなくなった？　何で？」

「そんなのこっちが聞きたいわよッ！」

問うたらキレ返された。

ちょっぴり理不尽に思う。

「……ある日突然一方的に『薬草採取クエストはもう受けない』って言われて。それどころか発注済みのクエストすら履行されないんです。薬草が届かないと薬が作れない!!」

薬なんて、必要な人は毎日飲まなければいけない。

一日でも欠ければ命に係《かか》わるシロモノだ。

それがなくなるとなれば……、慌てもするだろう。

「……スェルさんでしたよね？」

「はい……！」

「スェルさんは、自分で薬草を摘むために森に入ったんですね？」

情報を総合したら、そうとしか思いつかなかった。

冒険者ギルドが納めなくなった薬草を自分の手で。そうしなければ健康を崩し、命を失う人がいるかもしれない。

だから自分の安全も顧みず。

「あの……、すみませんでした」

落ち着きを取り戻したのか、薬師の誠実な少女は言う。

「見ず知らずの人に言うことじゃありませんよね？　命を助けてもらったんだから最初に言うのはお礼なのに……本当に……」

「まことに申し訳ありませんでした」

「ええぇえッ!?」

土下座する僕を目の当たりにして少女、驚く。

「なんで!?　なんでそこで土下座!?」

「そのトラブルの原因は恐らく僕です。僕はエピク、元冒険者です」

冒険者ギルド在籍時、僕以外に薬草採取クエを受ける人がいないのはわかっていた。

皆地味だからって嫌がるんだ。

在籍中はクエストを取られる心配はないのでむしろ喜んでいたのだが、大局的には悪いことだと今さらながらに気づいた。

「薬師協会さんが発注していた薬草採取クエは、ほとんど僕一人で受けていました」

いや『ほとんど』ではない。

『完全に』だ。

「ですが昨日、冒険者ギルドをクビになってしまいまして」

「クビ!?」

「それで他に薬草を採りに行く人がいないんだと思います。だからクエスト自体を受けないことに……」

『なんでそんなことになるの？』という疑問が心の底から湧いてくるが。

人材が欠如しているにしても色々やりようはあると思う。

それを無視してクエスト自体をなくし、街への様々な薬の供給をストップさせたらその責任はすべて冒険者ギルドに雪崩《なだ》れ込《こ》む。

下手をしたら街全体を敵に回しかねない。

いや、それだけに飽き足らず薬が供給されるか否かは冒険者ギルドにとっても大問題じゃないのか？

冒険者の必需品と言っていいポーションは薬師さんたちが作っているんだ。

このトラブルで薬師さんがポーションを売らなくなったら、冒険できなくなってしまう。

「……あ、アナタが薬草を集めてくれてたんですか？　それで今日もこの森に？」

「いや……!!　それは一概に肯定も否定もできず……!!」

クエストも受けられないのに習慣で採取していましたなんて言っても混乱させるだけだろうな。

「そ、そうだ！　これ、今日集めた薬草です!!」

採取袋を腹八分程度に満たした薬草を手渡す。

「差し上げますので、どうかお納めください!!」

「ええッ!?　そんなッ!?」

薬師の女の子、数秒間の逡巡はあったが恐る恐る手を伸ばし……そして受け取る。

中身を確認する。

「ほ、本当に薬草だぁ……！　しかもこんなに状態のいい……、摘み取り方も完璧だし……！　いつも組合に届けられていた薬草そのもの……！」

「あの……、これでなんとかなりますでしょうか……!?」

「アナタは神です！　救いの神です!!　ありがとうぅうううッッ！」

「うごほぉおおおおッッ!?」

少女から奇襲気味に飛びかかられたのでビビった。

しかし真意は飛びかかったのではなく、抱き着いてきたのだ。

感謝の表れだろうが、少女という割には体つきは完成の域に達していて、色々柔らかいところが押し付けられて辛い。

「いえ……ッ！　いえ……むしろ冒険者ギルドの罪滅ぼしのようなものですから、お礼を言われるのは心苦しいというか……!?」

「でも冒険者ギルドはクビになったんですよね？」

「ハイ……」

改めて言われると事実が突き刺さって泣きたくなってきた。

そう、今の僕はギルドとは何の関わりもありません。

「エピクさん……！　エピクさん、エピクさんですよね！　名前覚えました!!」

「そんなにしつこく刻み込まなくても……」

逆に覚えられてヤベェって気がしてきた。

「いいえ、人からの恩は決して忘れるな、恨みも忘れるなと母から教わりましたので！　恩人の名前も忘れてはいけません!!」

前半はともかく、教えの後半部分が怖い。

「……あッ、でも……!!」

輝いていた少女の表情は何故か一瞬で曇る。

採取袋の中身を覗《のぞ》いて。

一体どうした？

「足りない種類があります」

そうか。

薬草と一口に言っても様々な種類があるもんな。

僕もクエスト中は『○○の薬草』『××の薬草』と複数の種類を指定されたのを思い出した。

「足りないのはもしかして……紫霧草《しむそう》？」

「そ、そうです、よくわかりましたね!?」

そういやあの草だけ摘んでないなあ、というのを思い出した。

紫霧草は、クエストには『確保最優先』とか但し書きされていたからよく覚えている。

しかも紫霧草は、採取場となる森の一番奥深くに自生しているから採りに行くのも一苦労なんだよな。

森の奥に行くほど強力なモンスターもうろついてるし。

「ダメです、紫霧草がないと街に戻れません。あの草は、心臓の薬の材料になるんです」

「なんと」

クエスト目標の素材としては知っているが、どんな効能があるのかまでは知らなかった。

「なら、ソイツを採らずに帰ることはできないな。僕がひとっ走り行ってこよう」

「えッ!? そこまでしてもらうのは……ッ!」

僕がギルドを追放されなければ普通に納められていたものなのだから、その埋め合わせはさせていただきたい。

それでなくても、この子今にも『自分で採りに行きます!!』と言わんばかりだからな。

それだけはやめてほしい。

「紫霧草は、本当に魔の森の奥深くに生えてるんだ……! あまりに奥すぎて魔の山の山裾に入るかって微妙なところ……!」

「あの凶悪な魔獣が住むという、魔の山……!?」

「そうそう」

基本的に森の奥へと行き、魔の山に近づくほど生息する魔物は強力となる。

今さっき彼女を襲ったディスイグァナなど、あの界隈《かいわい》では食物連鎖の最下層。誰にとっても美味《おい》しいごはんに過ぎない。

「そんな魔境に生えているからこそ紫霧草は貴重なんですね……！　高値になるのも頷《うなず》けます……！」

「高価？」

「はい？」

まあいいや？

今問題にしているのは目的地の危険度なので、カタギのお嬢さんを一人行かせられるわけがない。

ここは僕がパッと行ってパッと摘んでくるので、お嬢さんは街で待っていてくれまいか？

「あの……、よければ私も連れていってくれませんか？」

ともいかなかった。

「ただでさえ薬草の納入が遅れて、薬師の皆は困ってるんです。少しでも早く持ち帰りたい」

たしかに一旦別れるにしても、いたいけな少女を森の中一人にしてはまたモンスターに襲われかねない。

一度彼女を護衛して街に戻り、そこから紫霧草求めて森に入り直して……となるとけっこうな時間をロスするだろう。

遅めに活動する冒険者たちと鉢合わせるかも。

追放された身でそれも嫌だなあ。

「それに私も薬師の端くれとして、幻と言われた紫霧草がどんな風に生えているか見てみたいんです！」

「それが本音？」

ともかくも迷っている時間も惜しい。

こうなったら彼女を守りつつ森の奥まで突き進み、目標物を速やかに採取、からのとんぼ返り。

やってやろうじゃないか！

◆

僕らは進む、森の中を。

途中、当然のように現れるモンスターを片っ端からスキルで『消滅』させる。

あとには残骸どころか塵《ちり》一つ残らない。

「ふわわわ……ッ!?」

それを驚愕《きょうがく》の表情で見る少女。

「凄《すご》いです……ッ！　凶悪なモンスターが出てくる瞬間次々消えて……ッ!?　これで一番下のF級なんですか？　ギルドの冒険者って皆これより強いってことなんですかぁ!?」

「さあ、どうだろう……？」

僕の場合、たまたま授かった『消滅』スキルがあまりに特殊だから何とも言いがたい。

「僕のスキルは、どんなモノでも片っ端から『消滅』させてしまう。硬さ大きさ、そして速さも関係ない。このスキルを脅かしたモンスターは今のところ遭ったことがないんだ」

「凄いじゃないですか！　そんなスキルがあればA級にだってなれるんじゃないですか!?」

「世の中そんなに甘くないんだなあ……」

会話をしながら、またしても飛びかかってきたモンスターを瞬滅させる。

「冒険者が成果を上げるには、モンスターを討伐したっていう〝証明〟がいるんだ。大抵の場合、倒したモンスターの死骸か、せめて一部でも持ち帰らないといけない」

そしてこのスキルに、そんなことは不可能だ。

一部だろうと残さず消し去ってしまうんだから。

「だから何百体消し去ったとしても、そのことを証明することは僕にはできないんだ。本当に融通の利かない、役立たずのダメスキルなんだよ……！」

「そ、そんなことないですよ!?」

優しいなあ。

すかさずフォローに入ってくれる。

「危険な森の奥に入れるのは、エピクさんのお陰です！　エピクさんのスキルがあるからここまで来れたんじゃないですか！　そして必要な薬草を採れる！　全部エピクさんのお陰です！」

「ああ、ありがとう……ええと……？」

「スェルです！　私の名前はスェル！　覚えてくださいね!!」

薬師の少女改めスェルはなかなか押しが強い。

「もしかしてエピクさん、Ａ級冒険者より強いんじゃないですか？　魔の森って本来、Ａ級パーティでもないと奥まで入れないって聞いたことがあります」

「はっはっは、まさかぁ……」

僕ごときがＡ級とはおこがましい。

いくら『消滅』スキルがあるからって僕ごときがこんなにサクサク進める魔の森はそこまで難易度の高い危険地帯ではないのだろう。

世界は広い、ここの他にもずっと困難なダンジョンとかがたくさんあるはずだ。

とか言ってるとまたモンスターが現れた。

アレはマジョロウグモ。

この森でもっとも危険で強いモンスターだ。

しかも群れで来おる。

「ひぃッ!?　大きなクモ……!?」

「気を付けてね。致死性の毒を持っているし、そこかしこに見えない糸を張って動きを封じてくるんだ」

多分今頃、僕らの背後にも糸が幾重に張られていることだろう。

退路を封じるために。

「『消滅』」

目の前に現れたマジョロウグモは五匹。

本当ならここで生死を懸けた激闘が始まるんだろうが、僕の場合腕を左から右へ振り払うだけですべてが跡形もなく消え去った。

払う露も残らない。

「ええー……？」

「さあ急ごう。早いとこ薬草を摘んで帰らないと……」

目標とする貴重な薬草は、ほどなくして自生地に到達して必要数摘むことができた。

僕としては日課のフィールドワークだ。

復路も無事に済み、スェルを街まで送り届けて任務完了。それではお元気で、と去ろうとしたところ……。

「お礼がしたいので！　是非お礼がしたいので!!」

と引っ張られてしまった。

どうやら家まで連れていくつもりらしい。

マジですか。

◆

抗《あらが》うこともできずスェルちゃんに引っ張られるまま街を行くと……。

仕舞《しま》いには見上げるほど大きな建物の前に到達した。

「これがスェルさんのお家!?」

豪邸じゃないですか!?

もしかしてスェルちゃんお嬢様!?

「いいえ、ここは薬師協会の本部です。いわば職場です」

ああ、なーんだ……!?

ビビッて損した。

「まあ、お父さんが薬師協会長なんで実質自宅でもあるんですけど。お父さーん！　ただいまー！」

「ちょっと待って!?」

誰が薬師協会長ですって!?

やっぱりスェルって超絶いいとこのお嬢様!?

彼女がズカズカ入っていくので僕も続くしかない。

すると程なく建物の奥から、三十代後半と思《おぼ》しき男性がヨタヨタ駆け出してきた。

体つきはスマートで、顔といい服装といい理知的な印象を漂わせる紳士だったが、この時ばかりは慌てふためいて理知的ではなかった。

「スェル！　スェルどこへ行っていたんだこのバカ娘は!?　ああ本当に心配させて……!?」

「ただいまお父さん！」

この人がスェルのお父さん？

たしかにどことなく似通った雰囲気が？

「聞いてお父さん！　薬草が手に入ったわ！　これで薬を作ることができるわ!!」

「まさかお前……、本当に魔の森に入ったのか!?　冗談であることを祈っていたのに、本当にお前は！」

どうやら娘さんのせいで心労が重なっていた模様。

スェルが壊滅的に行動的なのは出会ってばかりの僕でもわかるので……気苦労が絶えないんだろうな。

「大丈夫よ！　このエピクさんに送ってもらったから！」

「ふぬ？」

スェルが紹介する僕に、お父さんの視線が鋭く細まる。

娘さんが家まで連れてきた男。

そりゃ警戒するに決まっているか。

「うん……あー、娘をここまで送ってもらったことには礼を言う。しかし見ず知らずの人間をこの薬師協会の本部に入れるのはな……」

「エピクさんは元冒険者なのよ！　魔の森で薬草摘みに協力してもらったの！」

「なにぃー!?」

詳しく告げられるなり、お父さんの眼《め》の色が変わり途端に厳しいものとなった。

怒り、憎悪すら宿っている眼光。

「冒険者が!?　お前らが、お前たちのせいで我々がどんなに大変な目に遭っているか!?　そもそもお前らが突然クエスト拒否なんかしなければ娘も魔の森に入るような……!!」

「ひぃえぇーッッ!?」

なんかまくしたてられるように怒られた!?

なんなの薬師協会怖いッ!?

そんな猛獣のごとき父上をスェルがしがみついて止めんとする。

「違うの待ってお父さん！　元！　エピクさんは『元』冒険者なの!!」

落ち着いて事情を話せるまで多少かかった。

◆

「ふーむ、なるほど……!?」

やっと落ち着いて、ここまでの経緯が伝わると僕らは部屋に通された。

応接室っていうのかな?

立派な椅子とテーブルに、持て成しに出された紅茶。

周囲を彩る調度品。こんな凄い部屋に通されたのなんて生まれて初めてだよ。緊張して震える。

「話はわかった。要するにキミも私も被害者だったということだな。あの冒険者ギルドの」

「はあ……」

「我々……薬師協会の事情はスェルから聞いているんだろう? 我々は常態的に冒険者ギルドへ薬草採取クエストを発注している。街の人々に提供するため常に薬を作り続けなければいかんからだ」

「はい」

「それが昨日から突然クエストをキャンセルされて、以後も受け付けないと言われる。とんでもないことだ。材料の供給が断たれたら薬は作れない。街中の健康を損なった人たちがより患うことになる」

薬のことをよく知らない僕でも、それが大変な事態であることはわかった。

下手をすれば、この街が滅びかねないほどの。

そんな事態に陥った理由が……。

「薬草採取のできるたった一人の冒険者を追放したからだと……!? そんなくだらない理由で、街全体の健康が損なわれるところだったのか……!?　なんとくだらない、くだらない連中なのだ冒険者ギルドは……!?」

スェルのお父さん……薬師協会長から濃厚な苛立《いらだ》ちが噴き上がった。

僕はその態度に飲まれ、同席するスェルもまた及び腰になっている。

「ヤツらは何か勘違いしているようだ。たとえ難易度が低く、報酬が安かろうとも欠くことのできない重要な仕事というものはある。我々がヤツらに発注してきた仕事もそうだと思っていたが、ヤツらはそうは思っていなかったようだな。愚かなことだ、あまりにも……!」

「あ、あの……?」

「その重要な担い手のキミを解雇してしまったこともな。いや、それはキミの働きに散々世話になっていながら、キミの存在自体知らなかった私も同様か」

そう言って頭を下げてくる。

よりにもよってこの僕に。

「いえッ!?　あのあの……ッ!?」

「名乗るのが遅れたが私はバーデング。エフィリト都市薬師協会長でありスェルの父だ。キミにはいくつも礼を言わねばならないことがある」

頭を下げたまま。

「今日まで我々に薬草を提供してくれて心から感謝する。またスェルのことも、ここまで無事送り届けてくれてありがとう。娘にもしものことがあれば、私は生きていけなくなるところだった……！」

ヒトに頭を下げられたのなんて初めてだからどうしていいかわからなかった。

まだ冒険者ギルドにいた頃は皆から『クズ』とか『底辺』としか言われず、クエストをこなしたところで『そんな簡単なクエストしかできない役立たず』としか言われなかったのに。

僕のやってきたことは世の中のために役立つことだったのか。

そう思うとなんだか泣きそうになった。

「お父さん！　エピクさんにお礼を言うのはそれだけじゃないのよ！」

「何!?」

「見て見て！　これ全部エピクさんが採ってきてくれた薬草なのよ!!」

そう言ってスェル、採取袋をデンと出す。

さらには袋の口を開き、中身の薬草をダバァとテーブルの上にぶちまけた。

「こ、これは……!?」

「そうよ薬草よ！　これがあれば薬を作れるわ！」

あれすべて、僕が今日あてどもなく摘み集めた薬草だった。

スェルに言われて追い求めた紫霧草もある。

あれだけの量があれば充分な薬が作れるのではないだろうか、素人判断だけど。

「これだけの薬草を……、種類も豊富だ！　これすべてキミが集めてくれたというのかね!?」

「他にすることがなかったので……」

惰性と習慣と現実逃避のためだなんて、とても言えないな。

それがこうして薬師さんの手に渡り、有効活用されるならとてもいいことなのだろう。

「冒険者ギルドをクビになった僕には、摘んでも使い道がなかったものです。薬師さんが薬にしてくれるんならこれ以上の使い道はありません」

「ほらね！　エピクさんはとってもいい人なのよお父さん!!」

いや、そんなゴリ押しされても。

薬師協会長さんは、困惑しながらも薬草を熱い視線で見つめる。

「保存状態……採取処理も理想的で完璧だ……！　毎日冒険者ギルドから届けられていた依頼品そのもの……！　やはりキミが採取してくれていたというのは本当なんだな……!?」

「いえいえ」

「薬草に上薬草、毒消し麻痺《まひ》取り熱冷まし、リリララ草にニガヨモギ、魔女の足跡、……紫霧草まであるじゃないか。完璧だ！　わかったエピクくん、この薬草すべて買い取らせてもらおう!!」

え!?

いやいや買い取りなんておこがましい。

「大したことじゃないんだからタダで差し上げますよ？」

「そういうわけにはいかん。我々薬師協会は、これまで毎日冒険者ギルドを通して同じ働きに報酬を支払ってきたんだ。　これを無料で受け取ってしまったら仁義を欠く」

　なんと律義な。

「キミの働きには形あるもので報いなければいけない。　冒険者ギルドへの支払いと同じ金額でもって、これらの薬草を買い取ろう」

　そう言って薬師協会長、　みずからのポケットの内をガサゴソさせて……。

　キラリ、と。

　黄金色に輝く何物かをテーブルの上に置いた。

　これは……何？

「金貨四枚、　これらの薬草の適正価格だ。　遠慮なく納めてくれたまえ」

「きんかッッ!?」

「えッ？」

　心底ビックリ仰天するのへ、　薬師協会長さんも驚く。

「金貨!?　金貨金貨金貨ですってッ!?」

「いやその……、　どうしたんだいそんなに取り乱して？」

　そりゃ取り乱すわい！

　貧乏人の大金への耐性のなさを舐《な》めんなよ！

「貰えませんこんな大金！　たかが薬草採取の報酬に金貨なんて多すぎですって！」

「何を言っている？　我々は毎回、薬草を送り届けてもらった時にはこれだけ払っているのだが？」

「えッ!?」

「え？」

なんだか話が噛《か》み合《あ》わない。

実際のところ僕たちはこれまでもクエストを受注し、採取してきた薬草を納めて報酬を受け取るというやりとりをしてきた。

冒険者ギルドを通して。

こうして直接顔を合わせるのが今日初めて、というのも奇妙な感じがするが。

「あー、いいかな？　たかが薬草採取とは言うが、これは重要な仕事なんだ。これらを材料にして作られる薬は、多くの人々の健康を支えている。だから適当お座なりにしないためにも、しっかりした報酬の支払いが必要なんだ」

「は、はい……！」

「それにね、薬草と一口に言っても種類は豊富、金銭価値も大きな差がある。例えば普通の薬草はその辺の道端にも生えていて、本当に二束三文にしかならない。しかしモノによっては希少だったり、魔の森のような危険地帯にしか生えていなかったりして、そうしたものを得るには金がかかる。わかるだろう？」

うーん。

言われてみれば、たしかにそう？

「特にこの紫霧草は、この辺りじゃ魔の森の最奥にしか自生していないために入手は最困難だよ。そこまで辿《たど》りつけるのは屈強な冒険者しかいないし、それらを雇い危険手当までつけると、どうしても相当な金額になる」

「う、うす……!?」

「金貨四枚のうちの半分以上は、紫霧草の報酬分だ。このお金は正当なものだ。受け取ってほしい」

「いや、ですが……、でも……!?」

「一体どうしたんだい？　キミが薬草採取を担当していた冒険者なら、いつもこれぐらいの報酬は受け取っていたはずだろう？　仲介料やらでギルドが中抜きするとしても、そこまで差はないはずだ」

「そうなんですが……!?」

僕は、小声で囁《ささや》くようにして告げた。

冒険者ギルドから支払われてきた、僕の薬草採取のクエスト報酬は……。

「は!?　なんだと!?」

今度は薬師協会長さんが目を丸くする番だった。

「そのような金額……はした金じゃないか!?　この金貨四枚の十分の一……いや百分の一だぞ」

「さすがに百分の一よりはあるかと……」

「それでも！　差額はどこに行ったというのだ!?　まさか冒険者ギルドが全部とっていったのか!?　上前を撥《は》ねるにしても度が過ぎるだろう、なんと悪辣なヤツらなんだ!?」

恐らくそういうことなんだろう。

僕と薬師協会長さん、双方の言うことにウソがなければ、不誠実なことをしているのはその間に入った冒険者ギルドということになる。

僕がまだ冒険者ギルドにいた頃『薬草採取は一律報酬だ』と言われていつも一定の金額を渡された。

Ｆ級冒険者のクエストに相応しい微々たる報酬だった。

一瞬頭をよぎったのは、ギルド受付嬢のお姉さん。

彼女だけはいつも優しい言葉をかけてくれたものだが、彼女もまた報酬額の誤魔化しに加担していたのだろうか。

そうであってほしくないと僕の心のナイーブな部分が呟《つぶや》く。

言葉を失う僕だったが、依頼者側である薬師協会長さんも重く黙り込んでいる。

しかしやがて重い口を開き……。

「……エピクくん、キミに提案がある」

「はい？」

「冒険者ギルドのしたことは許されざることであり、信用にツバを吐く行為だ。この償いは必ずさせてやる。だがそのためには時間がかかる。今のところ我々は差し迫った今日明日のことを考えなければならない」

差し迫った……。

今日明日のこと？

「とりあえず我々は人心地ついた。キミのもたらしてくれた薬草のお陰で薬を作り、売ることができる。しかし明日以降はどうなる？」

そうか。

薬が必要となるのは今日だけじゃない。病や怪我に苦しむ人がいる限り毎日必要になるのだ。

だから薬師協会の人たちはこれからも、毎日薬を作り続けなければいけない。

これからも。

なのに冒険者ギルドはもう薬草採取クエストを受け付けないと言う。金輪際。

薬師協会にとって兵糧攻めともいうべき状況はいまだ続くということだった。

「キミとて、不当に解雇されてこれからの生活が成り立っていないんじゃないのかね？　どこから生活費を稼ぐつもりかな？」

「まったく見通しが立ってないです……！」

ここは強がらずに素直に言う。

そこで薬師協会長さん、意を得たりと目を輝かせて……！

「つまり我々の利害は一致しているということだ。エピクくん、どうだろう我々と契約しないかね？」

「契約？」

「薬師協会専属の薬草採取者として。報酬は充分な額を用意するつもりだ。もちろん冒険者ギルドのように卑劣な金額の誤魔化しはしない」

「卑劣って……!?」

　薬師協会長さんの恨みが直球な表現に結びついている。

　いやそれよりも。

「薬草採取者？　薬師協会と直接取引をするってことですか？　薬草を？」

「そうだ」

「許されるんですか？　そういうのやっていいなら最初から冒険者ギルドいらないんじゃ？　あの人たちから文句を言われたら……」

「言わせないさ。そもそもは誰もが危険を冒してダンジョンに入ったりモンスターを倒していた。それらを効率化させた末が冒険者ギルドだ。ヤツらが務めを果たさないのであれば、昔の方法に戻るしかない」

　たしかにそうかもだけども。

「冒険者ギルドへの報復も同時に進めていくつもりだが、しかし我々は第一に、必要とする方々のために薬を作る職務をまっとうしなければいかん。そのためにキミの助けが必要なのだ。頼む、どうか協力してほしい」

と言ってまた頭を下げられた。

さらには隣に座っていたスェルも……。

「それがいいですよ！　エピクさんここで一緒に働いてください！　それが一番いいです！」

と無分別に乗り気だ。

僕は戸惑った。

万年底辺のＦ級冒険者だった僕が、こんなにヒトから求められていいものか？

ずっと『クズ』『底辺』『役立たず』と言われた僕が。

信じられない気持ちは当然あったが、それよりも僕にできることで助かる人がいるなら何もしないわけにもいかない。

僕自身、稼がないと生活できないわけだし……。

「わかりました、その話、受けます」

「おお！」

「Ｆ級冒険者だった無能な僕ですが、精一杯頑張りますのでどうかよろしくお願いいたします」

◆

捨てるＧＯＤあれば拾うＧＯＤあり。

偶然出会った薬師の少女の縁から、薬師協会と直接契約できた僕。

やることは冒険者ギルド時代と大して変わらず、薬草を摘んで届ける。

それをギルドの仲介なしに直接行おうというのだ。

「ちはー、今日分の薬草を納入しに来ましたー」

「もうですか!?　早いですねエピクさん!?」

薬草組合本部で待ち受けていたスェルに、採取品を手渡す。

ちなみに無断で魔の森に入った彼女は、お父さんからガチ怒られて当分外出禁止とのこと。

街の外どころか家からも出られないとは。

「確認します！　今回も種類が豊富で質もいいです！　本当にエピクさんは最高の冒険者ですね！」

「いやいや……!?」

だからもう冒険者はクビになってるんですって。

そんな僕に仕事をくれて、明日への糧を提供してくれる薬師協会の人たちはなんていい人たちなんだろう。

「本当に僕のようなＦ級冒険者に……こんなによくしてくれて……!!」

「わわわッ!?　泣かないでくださいエピクさぁん……!?」

違うよ、これは心の汗だよ……！

人の善意が乾いた心に染みすぎるんだよ……！

「エピクくんがＦ級だと、何度か言っていたが……!?」

「あッ、お父さん？」

これは薬師協会長さん。

今日もお疲れ様です。

「それが私には到底信じられないんだが。キミが納入してくれる薬草の中には紫霧草もあるよね？」

「はい」

今日も摘んできました。

「アレって、この地域では魔の森の奥部にしか生えていないものだ」

「何度も言われていることですよね」

「魔の森は、魔の山の外縁部に当たる危険地帯。歩き回るだけでも相当なことだ。まして魔の山との境界スレスレ奥地にまで分け入るには少なくともＢ級の実力は必要なはずなんだが……」

薬師協会長さんの疑わしげな視線が向ける。

悪いことをしているわけではないのに、心苦しい。

「エピクくん、本当にキミＦ級なのかい？　本当はＢ級か、Ａ級ってことは？」

「そんなまさか恐れ多い!!」

こんな僕がＢ級以上なんて全世界の冒険者たちに失礼極まりますよ！

所詮僕は薬草採取しかできない能無し。

運よく薬師協会に拾われて幸運だったんです。

薬草摘みこそ我が天職！

「そうよエピクさんは凄いのよ!!　お父さん!!」

「ちょっとスェル!?」

興奮気味に何をカミングアウトするのかな？

「エピクさんは強力なスキルで、モンスターも何もかもシュッと消しちゃうの！　だから魔の森だって自由に歩き回れるのよ！　凄いでしょうッ！」

「消せる？　何でも？」

わぁあああああッッ！

言わないで僕の役立たずスキルのことを！

恥ずかしいんです、自分の持っている唯一のスキルが強力すぎて何の役にも立たないってことが。

だから冒険者ギルドでも秘密にして『スキルのない無能』と言われるのも耐えてきた。　このスキルが知れ渡るくらいならその方がマシだと思ったので。

しかしスェルが言い触らすのに止める暇もない。

「上級モンスターも関係なく消せる？　それが本当なら物凄いスキルじゃないか？」

「違うんです……。何もかも跡形もなく消してしまうから討伐証明も素材回収もできないんです……！　こんなの役に立つはずがないんです……！」

僕が涙ながらに訴えると、薬師協会長さんは何やら眉をしかめ……。

「出会った時から気になっていたが、エピクくんは自己肯定感が足りなすぎやしないかね？」

「こんなに凄いのにねー」

薬師協会長さんは、一旦押し黙って考えをまとめるかの様子で……。

「……いいかねエピクくん。薬草の中には元々毒として扱われていたものがある」

「はい？」

「摂取すると体調を壊し、時によっては死に至るかもしれない毒草だ。そういうものは役に立たないものとして無視されてきたが、ある時研究の末に活用法が発見されたりする。麻酔薬だったり殺虫剤だったり」

……はあ？

いきなり無関係なことを話されたように見えるが……？

「要するにすべてのものには応用が利くということだ。一見何の役にも立たないものでも、研究次第で有効な利用法が発見されるかもしれない。歴史を変えるような」

「……」

「キミのスキルもそうではないのかね？　諦めて見切りをつけるのもいいが、その前にもう少しだけ試行錯誤してみるのもいいのではないか？　所持スキルの価値は自分自身の価値でもある。そう簡単に見限っていいものだと思えんがね？」

……色々遠回しな話ではあったが、要するに僕のことを慰めてくれているのか。

優しい。

スキルの応用。

消し去ることしかできない僕のスキルに、有効な活用法などあるのだろうか？

いいや、こんなに励ましてもらったんだ。

結果はどうあれ、自分の可能性にもう少し足掻いてみてもいいんじゃないか？

「そうですよ！　ただでさえ無敵なエピクさんが、スキルの威力を調節できるようになったら万能です！　あ、そうだ！　私も研究に協力しますよ!!　一人より二人で考えた方がいいアイデアが浮かびます！」

そう言ってスェルが立ち上がろうとするが。

「お前はまだ外出禁止が解けていないだろう？」

「あうー」

父親たる協会長さんに頭を摑《つか》まれ押し戻された。

「……エピクくん、キミは自信が足りないながら有能ないい人間だということは認める。私も三十代で協会長までのし上がった男、ヒトを見る目はあるつもりだ」

「は、はい？」

また唐突に話が変わった？

今度はどんな結論に着地するの？

「ただ、たしかな相手だとしても人間関係は慎重に進めていくべきだと思うのだよ。キミと、ウチのスェルが知り合ってまだ数日程度だろう？　段階を上げるにはあと数ヶ月……いや数年の準備期間が必要だと思うのだが、どうかな？」

「は、はい？」

結論に達したが、それでも協会長さんの意図は読めなかった。

ただそこはかとない恐怖を感じた。

◆

協会長さんやスェルからの勧めもあり、僕は自分のスキルと向き合ってみることにした。

人生で初めてのことかもしれない。

これまで自分のスキルからはできる限り目を逸《そ》らしてきたので。

しかし状況が変わって居場所が変わり、自分への評価が変わることで新たなことを試みる気力が湧いてきたように思う。

というわけで再び森にやってきて、『消滅』スキルの研究開始だ。

「誰かに見られたら恥ずかしいしな……！」

ということで人目につかない場所を選んだ。

まず、『消滅』スキルの何たるかを考えてみよう。

目標を消し去るスキル。

ぶっちゃけてしまえばそうだが、一体どのようにして消滅させるのか。

消滅させられたものは、完全にこの世界から消え去ってしまうのか？　あるいは目に見えないほど細かく粉々になってしまうのか？

「さっぱりわからん……！」

自分のスキルなのにわからないことばかり。

仕方ないので実際にスキルを使って感覚をたしかめてみるか。

「『消滅』……！」

僕はスキルを使う時、空間をイメージする。

一定範囲に『力』を流し込み、その空間に標的を喰《く》わせるようなイメージだ。

『力』を持った空間が、噛み砕きそこなったことは今までない。

ただの試用に何かを消し去るのはかわいそうなので虚空に向けて『消滅』を放った。

いつも通り『ボフッ』と空気が沈むような音がした。

恐らく空気が『消滅』し、一瞬真空となった空間に周囲の空気が流れ込む音だろう。

「……」

ふと、足元の光景に注意が向いた。

今までだったらそんなことはなかったのに。これも心境の変化によるものだろうか。

その異変に気づいたのは。

秘密のスキル研究を行っていたのは森の中だったので、足元にはぼうぼうに雑草が茂っている。

それこそ膝まで覆うような丈の長い雑草が、ある一定範囲だけ短くなっていた。

……いや、切られている。

背の高い雑草が、その中ほど辺りから。

よく確認したが断面はあまりにも綺麗《きれい》で、普通の鎌やナイフではこうもシュパッと切れるものではない。

まるで伝説の名刀にでも切られたかのようだ。

そんな切られた雑草が一本ならず一定範囲に。

そこで僕の脳内に、ふと符合するものがあった。

「この雑草が切られている範囲は……!?」

僕が『消滅』スキルを使用した範囲じゃないのか？

この雑草たちは切られたんではなく……上半分を『消滅』させられた？

今まで僕は、自分の『消滅』スキルを任意対象をただ消し去るものだと思っていた。

しかしより正確には……。

任意の〝対象範囲〟を消滅させるスキル？

決められた空間内にあるものすべてを消滅させる。だからこそスキルが発動した時『ボフッ』という音が鳴る？

消滅させる対象モンスターだけでなく、その周囲の空気も消滅させているから？

さらに言い変えれば、僕のスキルは何でも消し去ってしまう『消滅空間』を作り出すスキル……！

……なのか？

「この半分だけになった雑草も、上の半分が『消滅空間』の中に入ってしまい……、喰われた？」

ゴメンね雑草さんたち。

しかし意外なところで、自分のスキルのより深いところが見えてきた。

ほんの些細《ささい》なアドバイスからこんなに重要な事実に辿りつけるなんて。

僕はこれまで『消したい』と思った対象に向けてただ『消滅』スキルを発動させてきた。

対象はすべてモンスターだったが。

それで相手が例外なく消失したのは、無意識のうちに対象の全体をすっぽり覆う『消滅空間』を作り出していた、と思われる。

その時も巻き添えで周りの空気や、地面の一部を抉《えぐ》っていたかもしれないのだが今まで僕はそんなことに少しも気づかなかった。

気づこうとしなかったのだろう。

スェルやそのお父さんに励まされるまで、僕はずっと下を向いていたのだから、それで何も見えるはずがない。

『消滅空間』の概念に気づいてから、僕は何度も試しにソイツを発生させてみた。

ボシュッ!!

ボシュ。

ボッ。

ポス……。

全部空気が消滅された音だが、大きさは千差万別。発生させた『消滅空間』の大きさが違うことによる。

ある程度は自分の意思でコントロール可能なようだった。

それこそモンスターを丸呑《まるの》みにできるほどの巨大空間もできれば、拳大の小さな『消滅空間』もできた。

「思ったより制御可能だな……」

試してみるほどに色々なことがわかってけっこう楽しかった。

自分のスキルを使うのに〝楽しさ〟を覚えるなど生まれて初めてのことだ。

何より、そうした制御の末にできることを想像すると心ウキウキ胸躍った。

だって。

今まで問答無用にモンスターのすべてを消すことしかできなかった『消滅』スキルだが。

『消滅空間』を絞ることで一部を残すことも可能になるから！

そうすれば討伐証明できるし、素材を得ることだってできる。

ずっと昔から恋い焦がれていたことが！

「まあ冒険者ギルドをクビになった今関係ないんだけどね……」

とほほー。

まあ、今は前向きに考えていくことにしよう。

一つ思いついた。

イメージする『消滅空間』の形を薄くしていくのだ。

薄く。

薄く……。

木の板よりも薄く。

葉っぱよりも薄く。

紙よりも薄く。

初冬の朝の水たまりに張った、透明な氷よりもなお薄く……！

「大分薄くなったな『消滅空間』？」

その辺から落ちている石を拾う。

極薄『消滅空間』に投げてみると、石はある瞬間、スパッと両断された。

すげぇ。

薄く薄く、極薄になった『消滅空間』に触れることで、その線の範囲だけが消滅した。

すると鋭い刃にされたかのように両断されてしまった。

「うーむ、恐るべき斬れ味……!?」

確認のため両断された石を拾い上げる。

断面が鏡のように真っ平らだった。

あらゆるすべてを消滅させる作用によって切断されたので、硬さで刃が止まるなんてこともない。

だから断面もこんなに綺麗なんだ。

まさに斬れぬものない神剣。

「恐るべき技を開発してしまった……！」

大元になったスキルにちなんで『消滅刃』と名付けようか。

これくらいシンプルな方がいいよね。

「ん？」

ふと、視線に気づいた。

何者かがどこからか見ている。この気配の断ち方は人間ではないな。

振り向くとすぐそこに獣がいた。
四本脚で蹄《ひづめ》を掻《か》き、ぼんやりとした視線をしかし真《ま》っ直《す》ぐに向けている。
「シカだ……!?」
しかし普通のシカではない。
あの斧《おの》のように厚く鋭い角はモンスターの証《あかし》。
シカ型モンスターのウルシシカだ。
この森ではさほど珍しくないが、凶暴凶悪ということで要注意のモンスター。
あの豪快な角で突進してこられたら、生半可な防具じゃ諸共《もろとも》貫かれて体に穴が開く。
それでも僕は、襲ってくるようならすぐさま『消滅』させてきたんだが……。
今日は違うアプローチを試してみよう。
僕にはたった今編み出したばかりの新必殺技がある。
「ブル……!」
シカの姿でも本質はモンスターなので、人を見つけたら理由もなく殺しにくる。
頭を低くし、角の先端が獲物たる僕へ真っ直ぐ向かうように調整する。
あと数秒もしないうちに突進してくるな……。
来るといい、こっちも歓迎の準備はできている！
ズドッと土を巻き上げて高速直進。

進行方向には僕。殺意が角先にたっぷりと乗っていた。

ここまでこっちを殺す気なら、逆に殺《や》られたって文句は言わないよな。

鋭い角が僕に触れるか触れないか、ギリギリ刹那のタイミングで身を翻して避けつつ、攻撃の腕を振り下ろす。

正確には腕の延長線上のイメージで伸ばしている『消滅刃』を。

音も鳴らず、二本の棒状のものが空を舞った。

根元から切断されたウルシシカの角だ。

自慢のものを斬り落とされたシカは面食らって一目散に逃げていってしまった。

「やった……!?」

ウルシシカの角は、この魔の森に出没するモンスターたちの中でもっとも硬い部位。

防具は簡単に貫通するし、武器も折られるからウルシシカ討伐は角を避けて急所を狙うのが定石とされている。

そんな硬角を簡単に斬り落としてしまうなんて……!

やはり極薄にしても『消滅』の特性は変わらないようだ。

◆

「協会長さん！　スェル！」

気づけば薬師協会本部に駆け込んでいた。

切断したウルシシカの角を持って。

「えッ!?　どうしたんですエピクさん？　そんな並々ならぬテンションで？」

「これ見て！　斬れた！　僕のスキルで斬れたんだ！　本当に凄いよ、ねえ！」

自分でも浮かれていることがわかった。

今までできなかったことができるようになって、その嬉《うれ》しさが半端なものではない。

自分のスキル調整にチャレンジし、それに成功した。

それもスェルたち親子の応援のお陰だけど感謝の言葉を述べたいのに言葉がまとまらなかった。

「うん？　エピククんが来たのか？　……ん？　ふぉおおおおおおッ!?　ちょっと待って!?」

騒ぎを聞きつけ、今度は薬師協会長さんが出てきた。

そしたら僕以上に取り乱し始めた。何なの。

「それはウルシシカの角じゃないか!?」

「あ、ハイそうですが……？」

「ウルシシカなんて魔の森でもっとも厄介な魔物の一種じゃないか!?　ヤツの鋭利な角はどんな防具でも防げない！　そのくせ動きも速いから逃げられない！　毎年数十人の冒険者がウルシシカとの戦いで命を落とすというのに!?」

その、ウルシシカの角です。

「なんと綺麗な断面だ……!?　ほ、他の部位はどうしたんだね？　ウルシシカの角から下は？」

「角を斬り落とされたせいか、ビビって逃げていきました」

「生きてるってことか!?　獲物を生かしたまま角だけ斬り落としたってこと!?　こんなにも綺麗に!?」

ますます混乱しておられる薬師協会長。

「協会長さんのアドバイスのお陰です。自分のスキルを研究し、新しい使い方を編み出したお陰で挙がった成果です」

「そのアドバイスをしたのはついさっきじゃないか……!　こんなに即効なのは予想していないんだが……、まあいい……!?」

協会長さんが遥かに慌ててくれたお陰で僕も冷静さを取り戻せた。

周囲が慌てると却《かえ》って落ち着くことってある。

「それではウルシシカの角も納品してくれるってことでいいのかね？　こちらも実に助かることだが……」

「え？　シカの角は薬草じゃないですが？」

「別に薬効があるのは草だけじゃないよ。木の実や根っこ、木皮にもあるし、獣の一部にもある。特にモンスターは普通の動物より生命力が強い分、効き目も抜群だ」

「じゃあ、このウルシシカの角も？」

「疲労回復、強壮の効能があるとされている。角を削って粉状にし他数種の薬草と一緒に煎じたものが栄養剤で、冒険者は世話になっているんじゃないかね」

ああ、あれってウルシシカの角が材料だったんだ？

「他にも甲羅や肝、甲虫《こうちゅう》を丸ごと乾かしたものなども薬材として使われる。薬草よりずっと値は張るがね」

「薬って色んなものから作られるんですねぇ」

「しかしエピクくんが薬草だけでなく、こういったモンスター素材も薬材として納めてくれるなら非常に助かるがね。……ふむ？」

薬師協会長さんが突然黙り込み、ふむふむと唸《うな》り出す。

考え事か？

少しの間沈思黙考が続き。

「……うむ、この策は使える」

「策、ですか？」

「そうだ、どうやら思ったよりも早く冒険者ギルドのヤツらに一泡吹かせられそうだね。これもエピクくんのお陰だよ。本当になんでこんないい人材を手放したんだろうね。ヤツらの間抜けさには笑ってしまう」

そうして、薬師協会長さんが考え付いた作戦は……。

◆【ギルドマスター視点】◆

冒険者ギルドマスター、ギズドーンは臍《ほぞ》を噛んでいた。

まさか薬草採取があれほどの金になっていたとは。

毎日必ず金貨四枚、たかだか薬草ごときを納入するだけで懐に入ってくる。しかも最底辺のF級冒険者に支払うのはせいぜい銅貨十数枚程度でよい。

先代ギルドマスターが作った仕組みのようだが、ここまでボロ儲《もう》けする仕組みがあったのかと感心するほどだった。

「こんなことならあのクズを辞めさせても雑草集めだけはさせるべきじゃったわい」

しかしそれも彼自身によってご破算になってしまっている。

彼が追い出したF級冒険者エピクはもう冒険者ギルドにおらず、二度と戻ってくることはないのだから。

しかしギズドーンはそれほど深刻ではなかった。

あんなクズの代わりなど探せばいくらでもいる。ソイツに薬草集めの雑用を押し付ければ、再び濡《ぬ》れ手《て》に粟《あわ》の大儲けができる。

「オレ様が歴史に残る大英雄になるためにも先立つものはいるからのう……！」

生まれながらにして英雄願望の強い男だった。

運よくギルドマスターの役職に就いた彼は、みずからの所有物たる冒険者ギルドが世界一となることで、その願望を満たそうとしている。

「マスター、面会の時間が迫っています」

「今日は誰がご機嫌伺いにくるのじゃったかな？」

ギルド職員からの連絡に、得意げとなって応えるギルドマスター。

偉い彼の下には誰もが媚《こ》びへつらい会いにくると思っていた。

しかし訪問者の名を聞き、さすがの能天気な彼も顔をしかめざるを得なかった。

今日、面会に来たのは薬師協会の協会長だったからである。

◆

厚顔なギルドマスターであっても今、薬師協会長と顔を合わすのは気まずかった。

一方的に契約を破り、薬草採取クエストを永劫《えいごう》受注拒否している。

相手の怒りは窺《うかが》うまでもない。

立場が下のギルド職員にならば強行に黙らせることもできた。しかし相手が協会長ともなれば同格。

また一方的な約束破りをしている分こちらの立場が弱いということは、いかに傲慢不遜のギルドマスターでも自覚せざるを得なかった。

悪戯《いたずら》を叱られる子どものような気分でギルドマスターは、面会相手と相対する。

「このたびは我々のために時間を取っていただきありがとうございます」

そうでもなかった。

実際に顔を合わせてみた薬師協会長は、意外にも朗らかな笑顔でおべっかなど使ってくる。

この街の薬師協会長は、三十代の若さで組織のトップに立つというやり手。

四十代の半ばも過ぎてようやくギルドマスターになった者としては面白くない相手だったが、そんな新進気鋭が自分に媚びへつらっていると思えばなかなかによい気分だった。

「こちらこそ、わざわざ足を運んでもらい悪かったのう。まあ楽にするといい」

ここは年上の貫禄を見せてやろうと鷹揚《おうよう》に振る舞う。

「用件は予想がついておる。薬草採取クエストじゃろう？」

いい気になった挙句に、切り出しにくかった用件を自分から切り出しにいくほどだった。

薬師協会は、薬草採取クエストの打ち切りに怒り心頭のはずであり、今日こうして直接会いに来たのはその抗議に違いない。

しかし協会長の温和な態度を見るに、そこまで深刻な話でもないかとギルドマスターは都合よく解釈した。

あるいは、この有能たる自分の態度に気圧《けお》され、勘気を解いたか。

「クックック……、人望のある者は得じゃのう……！」

ギルドマスターは相手に聞こえない小声でほくそ笑んだ。

「何か？」

「いえいえ、キミらにも迷惑をかけて済まぬことじゃのう。……何と言うか、長年キミら発注のクエストを任せていた冒険者が……そう、突然勝手に辞めおってのう」

「ほう、突然勝手に？」

「そうそう、こちらとしても『突然は困る』と散々慰留したんじゃが、聞き入れられずにのう。いや、ヤツの落ち度がキミらにまで迷惑をかけて、大変申し訳なく思っておるよ」

無論ウソであった。

現状たった一人薬草採取を引き受けてくれる冒険者エピクはギルドから追放されたのであり、その主導者は他でもないギルドマスター本人。

しかしながらできる限り責任を回避しようという狡《ずる》さが、もはやここにはいないエピク一人に全責任を被《かぶ》せようという向きへと働いた。

無論、彼は知らない。

彼の下から去ったエピクがどこにいて、誰の庇護《ひご》を受けているかなど。

「ということでクエスト受注は一旦停止してあるのじゃがな。だが心配はいらん、今代わりとなる担当冒険者を探しておる最中じゃ。明日にでも体制復旧することじゃろうて、それまでは辛抱いただきたい」

「辛抱ですか……」

相手が下手に出てきたことで、すっかり思い通りになると思い込んでいたギルドマスター。

しかしそれは自分勝手な解釈に過ぎないと思い知ることになる。

「その辛抱とは、誰がすればいいのですか？」

「え？　それは、あの……!?」

「我が薬師協会は、薬を作ることを生業としている。日々多くの患者が、我々の作る薬を求めているのです。材料が届かなければ、薬も作れない。病気や怪我に苦しめられる人々にも辛抱しろとアナタは仰《おっしゃ》る？」

「いや、そういうわけではなく……!!」

さすがのギルドマスターも『そうじゃ』とは言えず、しどろもどろになる。

「ですが心配はいりません」

言葉に棘《とげ》を出し始めた薬師協会長が、すぐさま引っ込める。

「すべての責任を冒険者ギルドさんにだけ負わせるわけにもいきませんのでね。ことが起きてから今日まで、当方でも解決の糸口はないかと試行錯誤していたのですよ」

「ほう？」

「その結果、我々独自の薬草入手ルートを確立できました。今日はそのことを報告いたしたく、こうして伺ったのですよ」

「ほうほう！　それはいい報告ですなあ！」

事態が改善したなら自分の負う責任も自然軽くなる。

それだけで短絡的に喜ぶギルドマスター、しかしそのあとに続く宣言をまったく予想していなかった。

「ですので、冒険者ギルドに薬草採取を発注することも今後ありません」

「はッ!?」

「ヒトの話を聞いていたのですか？　我々は独自の入手ルートを確立した。これからはそこから薬材を仕入れればいい。つまりアナタたちはもういらないということですよ」

その通告にギルドマスターはたじろぐ。

薬草採取クエストの旨味は、エピクを追放したあとに気づけた。たかだか最下級冒険者を働かせるだけで日に金貨四枚儲かる。

そんな美味しい儲け話を知ったからには手放せない。

一日でも早く復興させ、再び暴利を得たいというのは本心だった。

しかしそのための道は今や向こうから断たれようとしている。

「ちょ、ちょっと待ちなさい！　冒険者ギルドとの取引を切っていいのかね!?　我々は、この街から認められた……!!」

「このような突発的な停止があったからにはリスク回避を模索するのは当然です。アナタ方は信用を失った、その意味がちゃんとわかっていないようですね」

薬師協会長からの底冷えするような声がギルドマスターを震わせた。

すべてが水に流されたなど錯覚でしかない、ということに今さらながらに気づく。

「ああ、ついでながら申しますが、ウチから発注しているモンスター素材の納入クエスト、あれもすべて取り下げることにしました。今後も発注することはありませんので、そのつもりで」

「はあぁッ!?」

ただでさえショックの大きいギルドマスターにさらなる衝撃が襲う。

薬師協会は『薬の材料になる』ということで薬草ばかりでなくモンスター素材のいくばくかも納入するようにクエスト発注している。

それがすべてなくなるとすれば損害は甚大だった。

『薬師協会は、鍛冶師組合に次ぐ冒険者ギルドの上得意先なのだ』というギルド職員の誰かの言葉が思い出された。

「な、何故じゃ!?　まさか貴様ら、冒険者ギルドとことをかまえるつもりか!?」

「まさかとんでもない。先ほども言ったでしょう新しい入手ルートを確立したと。そのルートからモンスター素材も手に入るのでね。アナタ方にお願いする必要がなくなったというだけですよ」

「じょ、冗談じゃないぞ!?」

薬師協会との取引が完全になくなれば、ギルドの儲けはどれだけ減るのか。

得するならばいくらでもいいが、損をするのは一銭たりとも我慢できないギルドマスターは憤慨した。

「な、何だその新しいルートというのは!?　冒険者ギルドの職域を侵してけしからん！　詳しく教えろ!?」

「とんでもない、企業秘密ですよ」

そう簡単に手札を明かさない薬師協会長こそ曲者《くせもの》であった。

三十代の若さで組織のトップに立った男の手腕が光る。

「ですが先に言ったように冒険者ギルドと対立するつもりなど毛頭ないということはご理解ください。我々の作るポーションを買ってくれるのは他ならぬ冒険者さんたちですからね。お得意様は逃したくないですよ」

「ぐぬぅ……!?」

それは裏を返せば『やる気なら、お前らに売ってやっている薬品いつでも販売停止にしてやれるぞ？』という脅し文句でもあった。

危険地帯に入るために回復用の消耗品は必須。それが断たれれば冒険者ギルドの方が遥かに早く干上がる。

それぐらいは察することのできるギルドマスターであった。

「私からの話はこれだけです。いや、最後にもう一つ。アナタ方が拒否した薬草採取クエストだが、まだ発注されていない分はいいとしても、既に受注した分の途中破棄は契約不履行以外の何物でもない」

ポンと肩に置かれる手。

それが首筋に刃を添えられているようだとギルドマスターには感じられた。

「その件は裁判でじっくり話し合うとしましょう。契約書はこっちにあるんだからな。互いにもっとも有利な結論を一緒に探そうじゃあないか」

相手は何も水に流してなどいない、むしろ徹底的にやり合うつもりだと、その時初めてギルドマスターは気づいた。

『大口契約相手とトラブった無能』。

そのレッテルを回避することはもはや叶《かな》わぬだろう。

世界最高ギルドを築き上げた英雄となるはずの自分が、その理想から遠ざかっていることを実感するギルドマスターであった。

◆【再びエピック視点】◆

僕、エピク。

なんか最近絶好調です。

『消滅』スキルの応用法を覚えて、ちゃんとモンスターを原型残して仕留められるようになった！

長年の夢が現実となった感じ！

嬉しさのあまり森で乱獲する！

「ただいまーッ!!　素材を持ってきましたー！」

「きゃあああぁッ!?　こんなにいっぱいぃいいいッッ!?」

薬師協会本部で、スェルの悲鳴が上がる。

「多すぎる!!　多すぎますよこれ!?　一体何匹いるんですか!?」

「二十七体かな？」

ご安心ください全部死んでおります。

『消滅刃』で首筋の深いところを斬ったり、他にも色んな方法でモンスターのすべてを消さずに仕留めることができた。

一度に全部持ち込めずに何往復もしてしまったよ。勢い余った自覚はある。でもそれぐらいノリにノッてたんだ。

「困りますよ、こんなに無闇に持ち込まれても！　ウチで引き取れるのはあくまで薬の材料になるものだけなんですから！」

「あ、そうだった」

薬師協会は冒険者ギルドじゃなかった。

街の多くの施設と繋《つな》がりを持っていて、冒険者の成果物を利益に変えられる。

薬師さんらが活用できるのは、薬にできるものだけだ。

「とりあえず吟味して、薬材にできるものだけ引き取って……！　残りはどうしましょう？」

「森に還《かえ》す？」

「それもちょっと……」

もったいないけど仕方ないよね。

あるいは改めてすべて『消滅』してしまうか。

「また豪快に来たな」

「あッ、お父さん」

「少しのアドバイスでこれだけ大化けするとは。やはりエピクくんは稀有《けう》な才能を有していたようだな」

騒ぎを聞きつけたのか奥から出てきた薬師協会長さん、頬《ほお》にたらりと冷や汗を浮かべる。

「見たところどれも凶悪な上級モンスターだ。コイツらの一匹でも生きたままなら街は壊滅の危機だね」

「大丈夫です。完全に息の根が止まっているのは確認してるので……」

「こんな連中を狩ってくるということは、エピクくんやはりかなり魔の森の奥まで入っているということだな。いや紫霧草を摘んでくる時点でわかっていたことだが……」

「はい」

「念のために聞くが、魔の山にまで踏み込んではいないね？」

「もちろん！」

そのあと持ち込んだ素材の選り分け作業になった。

薬師協会長さんとスェルとで判別して、僕も手伝った。

「エピクくんは薬草の知識については充分だが、やはりモンスター由来の薬材については門外漢だな。……スェル、どうせ外出禁止中で暇だろう、エピクくんに教えてあげなさい」

「はーい」

「お前が今まで学んできた知識で、彼の不足しているところを補ってあげなさい」

どんなモンスターのどの部位が薬になるか、スェルに聞けばいいわけか。

助かる。

それでも自分でなるべく覚えるようにしていかないと。

「エピクくんも、次からは必要なものだけを持ち帰るようにしてほしい。大きなものを大量に……というのは非常に目立つからな。今はまだ冒険者ギルドにキミのことを知られたくないのだ」

「すみません……!?」

先日、薬師協会長さんが赴いて冒険者ギルドに第一撃目を加えてきたらしい。

薬師協会はすべてのクエスト発注を差し止めた。薬草採取だけでなく、薬材にすることのできるモンスター素材の納入まで全部。

それが冒険者ギルドにとって、どれだけの損害になることか。

「実は薬師協会との取引は、冒険者ギルドが上げる利益の二割を占めますからね。それがいきなりなくなれば運営に支障をきたします。ギルドマスターは真っ青になっていますよ」

「え？」

などと説明してくれたのは誰か？

現れた新人物に、僕は我が目を疑った。

見覚えがある。今日はギルド職員の制服を着ていなかったが、その整った誠実そうな美人顔を見忘れようはずがない。

「ギルドの受付嬢さん!?」

「お久しぶりですねエピクくん。アナタが新しい働き口に就いたこと……冒険者ギルドなんかとは比べ物にならない好条件であること嬉しく思います」

「どうして受付嬢さんがここに!?　いや、僕もまた会えて嬉しいです!!」

冒険者ギルドではクズだ無能だと言われ続けてきた僕だが、このお姉さんだけは丁寧な態度で、誠実に僕に対応してくれた。

彼女がいなければ、僕は追放されるより早く心が潰れていたかもしれない。

そんな受付嬢のお姉さんと手に手を取り合って再会を喜んでいると……。

「むぅ……!!」

スェルの不機嫌そうな唸り声が聞こえてきた。

「ヘリシナ受付嬢とは、先日の訪問の際に知り合った。ギルド側の対応を謝ってきた唯一の人だったのでね。これから本格的な反撃をするのに力を貸してもらおうと思ったのだ」

薬師協会長さんが説明する。

「今回のトラブルはすべてギルド側に非があります。現職ギルドマスターのやり方はあまりにも自分勝手で、このままでは冒険者ギルドの存続も危ぶまれますし、街全体にかかる迷惑も計り知れません」

「私も実際に会って、あのギルドマスターのダメっぷりを実感できた。エピクくんからの話で持った印象の五倍は最悪だったな。あんなヤツが同じ街に住んでいると思うだけで……危機感が募るよ」

メチャクチャな言われようだったギルドマスター。

とにかく薬師協会長さんは、取引すべてを切っただけで話を終わらせるつもりはないってことか。

徹底的にやるってことだ。

「それでエピクくんに私から聞きたいことがあるんですが……!」

受付嬢さん、一旦言《い》い淀《よど》んでから意を決したように切り出す。

「冒険者ギルドでの報酬に不正があったというのは本当ですか？　正当な金額より遥かに少なく支払われていたと……!?」

　そういう話は前にあった。

　僕は冒険者ギルドに在籍時、薬草採取クエストしかしなかったんだが報酬は『最低位クエスト』ということで一律、ごく僅かな金額だった。

　しかし薬師協会長さんと知り合いになり、僕の納入していた薬草が複数種あってその価値もピンキリ。一番いいものになれば金貨支払いになるほどだ、と衝撃の事実を知らされた。

「……今から言うのは言いわけでしかないのかもしれません。冒険者ギルドも業務は様々に分割していて私が担当する受付と、報酬を支払う財務部は別部署になっています。私の仕事は、冒険者さんにクエスト達成証明書を渡すまでで、納入品がいくらで買い取られ、その分からいくら冒険者に渡るのか、まったくタッチしていません……」

「たしかにただの言いわけだな」

　薬師協会長さんの厳しい声。

「金の流れにはノータッチでも納品チェックは受付の必須業務。紫霧草を始めとした特殊薬草の価値をキミが知らなかったとは言わせないぞ？」

「仰る通りです……。エピクくんにも相応金額が支払われているものとばかり思っていました。服装や普段の生活を見ていればおかしいことには気づけたはずなのに……」

まあ、僕の生活極貧だって見ればわかるもんな……。

服は新しいのを買えずにヨレヨレだし、食事もめっちゃ質素だった。

Ｆ級冒険者の少ない報酬でやりくりしていたから……。

「私もギルド職員として、エピクくんを貶《おとし》めた罪から無関係ではいられません。いずれはしかるべきところで裁きを受けます。職を失うことになっても甘んじるつもりです」

「そんな……!?」

受付嬢さんは、ギルドで唯一僕によくしてくれた人なのに。そんな人が僕のせいで窮地に陥ってしまうなんて納得できない。

「待ってください！　僕は全然気にしていません！　報酬もＦ級冒険者の適正額だと思っていましたから不満もまったくないんです！」

「エピクくん、クエスト報酬に等級は関係なく、その働きに応じるべきなのよ。その信義を裏切ったギルドには罰が必要なの」

でも、Ｆ級の僕ごときをそんな気に掛けなくても……。

「やれやれ、長く不正が明るみに出なかった原因は、エピクくんにもありそうだな」

「協会長さん」

「キミが冒険者ギルドでどんな扱いを受けてきたかは、その卑屈さから想像がつく。しかしもうキミは不正ギルドから解放された。その卑屈さはこれからキミの人生に邪魔にしかならんぞ」

「でも、僕はしょせん役立たずスキルしか持ってないし……！」

正直な気持ちを話したつもりだが、協会長さんはやれやれと肩をすくめて……。

「エピクくんには、ウチでの仕事を任せるのと合わせて意識の改革を行っていく必要がありそうだな。この薬師協会のトップに上りつめた私が、人の世の渡り方を直々に指導してやろう」

「えー？」

「どれだけ実力を備えようと、卑屈なままではまた狡賢いヤツに利用されて終わりだ。キミ自身がそれでいいとしても、キミと一緒にいる者まで巻き添えで不幸になったらどうする？」

どういうこと？

「スェルとの将来も考えてくれなければ困るぞ」

「そちらはバーデングさんにお任せして、私も自分にできることを進めていきます」

ギルド受付嬢さんが言う。

「エピクくんへの報酬を過少にしていたのは間違いなく不正です。薬師協会との契約不履行の件もありますし、それらの不正が明るみになれば現ギルドマスターを辞職に追い込むこともできます。私はギルド受付を勤めながら内部で証拠集めを行います」

「頼む、こちらは訴訟の準備を進めておこう」

ギルドマスターを追い詰める算段は着々と進んでいるらしかった。

✚〔二章〕エピクの薬師協会での日々

これからの方針を決め終えて受付嬢へリシナさんは辞去していった。

ギルドへの出入りを禁止され、もはや二度と会えぬかと思っていたので、この予期せぬ再会は非常に嬉《うれ》しいものだった。

「あれ？　スェルさんなんでむくれてるの？」

「知りません！」

そのあとスェルが不機嫌なのが気がかりだったが。

「それよりもエピクさんが雪崩《なだ》れ込《こ》ませたモンスターの処理を始めますよ！　薬材利用部位しっかり教えていきますからね！　厳しくしますから覚悟してください!!」

「はいぃいい……！」

何故《なぜ》かビシバシやられた。

しかし薬師協会本部の一室はもはやモンスターの死骸で溢《あふ》れかえっており見ようによっては阿鼻《あび》叫喚《きょうかん》。

こんな風にされてむしろ怒ることに無理はないと解釈すべきか……。

「とはいえモンスターって実はどの部位でも薬になりうるんですけどねー。ホラ普通の動物より遥《はる》かに生命力高いですし」

「はあ……」

「お肉ですら、栄養が高くて一種の薬とみなされてるんですよ。とはいえこんな量は捌《さば》ききれませんから本当に有益な分だけ確保して、あとは処理するしかなさそうですけどねー」

ホントはしゃぐに任せて申し訳ない。

でもここでモンスターの薬になる部分を覚えておけば、明日から森に入った時必要なものだけを選《よ》り分《わ》けて効率的に持ち帰られる。

スェルたちにさらなる迷惑をかけないためにも、しっかりスェルに学ばなければな。

「ここをキュッて抓《つま》んでちぎり取ってー」

「スェルさん、スェルさん」

教えて教わってが興に乗っているところへ、なんかスェルにお呼びがかかった。

薬師協会の職員さんだろうか。

「対応お願いできませんか？　ズドットさんから診察の指名が入っていまして……！」

「え？　あの人三日前に来診したばかりじゃない？」

スェルは訝《いぶか》しみながらも立ち上がり……。

「とはいえ来ちゃったからには診ないといけないわよね私の担当なんだし。……エピクさん、すみませんが少しの間だけ待っててくださいね」

「かまわんですよ」

僕が教えてもらってるんだから都合は合わせないとな。

薬師協会では、ただ薬を売るだけでなく具合の悪さを訴える怪我人《けがにん》病人を診察し、症状に合った薬を処方するというサービスも行ってるんだそうな。

スェルもそういう仕事を担当しているんだろう。

……さて、彼女がそっちの業務に行ってしまったんなら僕も教わることができず手持ち無沙汰になってしまった。

暇だな……。

ちょっと暇潰しに、スェルの診察の様子でも覗《のぞ》いてみるか？

◆

診察室は探せばすぐに見つかった。

スェルが対応している患者さんは、年経てはいるものの体つきのガッシリしたおじいさんだった。

太くて短いミッチリした体つきだ。

その体格だけでもただ者でないことがわかる。

ただそのおじいさん、やはり薬師にかかるだけあって体が悪いのか、診察台にうつ伏せに寝て、苦しそうだった。

「腰が痛え、スェルちゃん腰が痛えよ。また痛み止め出してくんな……！」

「前に出した分はどうしたんですか？」

「とっくに使い切っちまったよ。だから新しい薬くれよ……！」

と聞きようによっては危ないことを訴えている。

あのおじいさん、患うのは腰か。だからああしてうつ伏せに寝ているんだろうが。

年を取ると腰をやるってよく言うもんな。

しんどいんだろうな。

「そんなこと言っても、前に渡した薬はゆうに二週間分はあったはずなんですよ。それを何日で使い切っちゃうのは……」

「それでも痛みが消えるのはスェルちゃんの薬だけなんだ。まあ細かいこと言わないで頼むよ薬を」

窺《うかが》うにけっこう面倒な患者さんなのだろうか？

スェルほとほと困り顔になっているところへ、俺と目が合った。

「あらエピクさん、どうしたんです？」

「うひッ」

しまった、邪魔せず覗くだけのつもりだったのに見つかってしまった。

「奥で待っててくれたらよかったのに、私のことが気になっちゃったんですか？　寂《さみ》しがり屋《や》さんなんですねえ」

「なんだスェルちゃんの男か？　ガキだとばかり思ってたがいっぱしに色気づきやがったか」

「ダメですよそんな言い方ぁ！」

「ぐぼぁ!?」

スェル、照れ隠しなのかどうか患者さんの腰をベシーンとブッ叩《たた》く。

患部にあまりにも乱暴な扱い。

「エピクさんは最近薬師協会と契約した新しい職員さんですよ」

まあ、そういう扱いになるのか？

「新しい雇い人ねえ、薬師協会も景気がいいこった。ウチとは大違いだな」

「あら、鍛冶師組合は景気が悪いんですか？」

「まあ、ワシの腰と同じぐらいよ。冒険者ギルドがロクな素材を持ち込みやがらねえからなあ。長年培ったこの腕も振るう甲斐《かい》がねえよ」

診察がてらの他愛《たあい》もない会話。

おじいさんの口調に苛立《いらだ》ちが含まれるのは、腰の痛みだけが原因ではない感じ。

「ズドットさんは鍛冶師組合の組合長さんなんですよ。こう見えて偉い人なんです」

「お陰で優遇措置がきいて、腕がいいと評判の薬師協会長ご令嬢に直接診察してもらえるんだがな。アタマなんざ七面倒くせえことばかりだから、こういう役得でもなきゃやってらんねえよ」

次々判明する衝撃の事実。

鍛冶師組合長さんも初めてお目にかかるがそれに加えてスェルが評判よさそうなのがやけに引っかかった。

もしかして彼女、優秀なの？

「ズドットさんが元気になってくれないと鍛冶師の皆さんもお困りますからねえ。でもこの腰痛なかなか治らない……」

「ワシの身体も『もういい』と言ってんのかもしれねえなあ。とにかくこの街じゃあもう鍛冶屋なんてやってらんねえよ。カスみたいな素材からはカスみたいな装備しか作れねえ」

愚痴っぽく言う鍛冶師ズドットさん、その口調からは投げやりな感じが漂う。

鍛冶屋というのは冒険者と密接な関わりのある職業だ。

彼らの打つ武器や防具は、主に冒険者が購入して使用する。そして武器防具になるモンスター素材は冒険者が討伐して持ち込んでくる。

鍛冶師と冒険者は完全なる共生関係にある。

「ここ最近、冒険者ギルドが持ち込んでくる素材は、ディスイグァナの皮ばっかりよ。Ｅ級相当の素材だぜ？　あんなもん新入りが扱おうが熟練が扱おうが大した違いもねえよ」

「はいはい、声もうちょっと小さくしてねー」

「今の冒険者ギルドはカスばっかりしか登録してねえ。皆、魔の森の入り口までしか入らねえのさ。

だからしょっぱい素材しか持ち帰らねえ。魔の森にゃあ奥まで行けば手応えのあるいい素材で溢れかえってやがるのに!!」

「はいはい」

不満が爆発したのか、冒険者ギルドに対する愚痴が溢れ出てくる。

たしかにこの街の冒険者ギルドから狩り場指定されている魔の森は、奥に分け入るほど凶悪なモンスターに遭遇する仕組みになっているが……。

そう、僕以外の冒険者って森の浅いところまでしか入らずに、奥へは絶対行かないんだよね。

何故って？　危ないから。

冒険者をクビになった僕が、それでも魔の森に入り続けて他の冒険者と鉢合わせしない理由がそこにある。

「安全安全って……、冒険者が冒険しなくてどうするんだってなぁ。あんな連中に付き合って鎚《つち》振るうのもバカらしくなってきたから、いっそのこと引退しようかなんて考えてんのよ最近よ。ドロップアウトしたあとは湯治街にでも移り住んで、毎日湯でも浴びりゃあこの腰にもよかろうってなぁ」

「無理がたたってるのは間違いないですからねえ。痛みが長引きすぎて強い薬でも効きづらくなってますよ。こうなったからには……、あ、そうだ！」

スェル、なんか閃《ひらめ》いたような表情になる。

「いい考えが浮かびました！　エピクさん手伝ってくれませんか？」

「え？　僕？」

別にいいですよ？

どうせスェルの診察が終わるまでは暇でいるしかないんだし。

「ではあの部屋に移りましょう。ズドットさん、診察室を替えますけどいいですね？」

「ああ、この腰の痛みを何とかしてくれるんなら、どこだってかまわねえよ」

あの部屋？

もしかしてあっちの部屋か？

「あああぁ～、ディスイグァナ以外の素材も触らしてくれねえかな～。腰痛で体が動かなくなる前によ～」

愚痴の多い鍛冶師ズドットさんは、腰痛のために僕が支えて移動しなければいけなかった。

スェルの言うあの部屋って、アレのことだよな？

僕が無分別に持ち込んだ素材を置いてあるあの部屋……。

◆

「…………ッ!?」

案の定、ズドットさんが絶句していた。

そりゃあ驚くよね。死体とはいえこんなにたくさんのモンスターが詰め込まれた部屋に来たら。

「おい……ワシは年老いてついに目もおかしくなっちまったのか？　夢にまで見たお宝素材が溢れかえってるんだが？」

僕も思った方向とは違う驚き方をしているようだ。

「あれはグラップルウルフ？　向こうはキリサキキリギリス？　ハードクラブ？　どれもC級相当以上のモンスターじゃねえか？　コイツらの素材を使えばどんないい武具が作れるか!!」

「お待たせしましたズドットさん、このモンスターの素材があればいい薬が作れますよ」

「んほぉおおおおッッ!?　それはマジョロウグモ!?　A級相当のマジョロウグモおおおおッッ!?」

スェルの引きずってきたモンスター（死骸）を見て、突如興奮する患者。

「お前なあ！　マジョロウグモっていうのは鍛冶屋にとっちゃ夢のモンスターなんだぜ!?」

「は、はあ……」

「特に殻！　甲殻がスゲェいい素材なんだ！　軽やかで薄いわりに強度がとても高い！　同じ厚みの鋼鉄と比べても二倍は強度があるくせにずっと軽いんだ！　ソイツを使って防具を作れば衣服と変わりねえ軽さでフルプレートアーマーと同等の防御力になる！　まさしく最優良ぉおおおおおッ!!」

あの、薬師にかかる患者がこんなに興奮していいんでしょうか？

ある瞬間にポックリ逝っちゃうんじゃないかと気が気でない。

どうやら鍛冶師であるズドットさんにとって、多くのモンスターが転がっているこの部屋はまさにおもちゃ箱のようなものなのか？

スェルは、こんなヤバい場所にヤバい人をお連れしてどうするつもり？

「マジョロウグモの毒は、使いようによっては鎮痛剤になるんですよ。毒腺を取り出して、薬草を調合してー」

チャチャッと作った。

「A級相当のモンスター毒だからいつもあげてるお薬より数段効きますよー。これならまあ三日でなくなることとなんてないでしょう」

「いや、あのそれより……！　殻……！　マジョロウグモの甲殻……!!」

出来上がったお薬よりも、モンスターの素材に首ったけな鍛冶屋さん。

毒腺を抜いた残りの方に興味釘付《くぎづ》け。

「あ、エピクさん、その残ったクモは消しちゃっていいですよー」

「いいの？」

「ええ、薬材利用部位はもう全部取り終えましたんで」

許可が出たんなら遠慮なく……。

『消滅』スキルでバシュン。

「はんぎゃおぇえええ――――――ッッ!?!?!?」

なんか物凄《ものすご》い絶叫が上がった。

怪鳥だってここまで珍妙な鳴き声はしないと思う。

「はぎゃーッ!?　どこ!?　お宝マジョロウグモの甲殻はどこぉ――ッ!?」

「消し去りました」

「なんでそんなことするの!?」

何でと言われましても。

ここ薬師協会では、お薬にならないモンスター部位は使いようがない。そうなるともう腐らせてしまうしかないけど、そんなことしたら不衛生でしょう。

ただでさえここは怪我人病人のために薬を作る場所なんだから衛生管理はしっかりしないと。

「そんなことないよぉおおおッッ!?　とっても役に立つよぉおおおおッッ!?　しかもお宝だよぉおおおおおおッッ!?」

「ズドットさん、そんなことより鎮痛剤を……！」

「今それどころじゃないよぉおおおおッッ!!」

何しに来たんですかアナタ？

「ズドットさん、ここにあるモンスターは、薬材にするためにエピクさんが狩ってきたものなんですよ。そういう契約ですからね。エピクさんは薬師協会専属の薬草採取者なんです」

「新しい雇い人ってのは、そういうことだったのか!?」

今や摘み取ってくるものは薬草だけに留まらなくなってきておりますがね。

オールラウンダー薬材集めに昇格？

「だからエピクさんが持って帰ってくれたものは薬材加工以外に使うことは許されないんですよ。余った部分はもったいないですが即処分です！」

「そんなわけあるかああああッッ!?　あの素材があれば、どんな高性能の武器防具が作れることか！　それこそ鍛冶屋の夢なんじゃあああッッ!!　……はッ!?」

そこで彼は気づいた。

この部屋にはまだてんこ盛りのモンスター素材があることを。

薬材にできるものできないもの区別なく一塊になっている。マジョロウグモの死骸もまだ数体残っていた。毒腺抜かなきゃ。

「まさかあれも……!?」

「選別が終わったあとは処分されますね」

「ダメえええええええッッ!!」

飛び上がるズドットさん。

腰の痛みはどうした？

「こんなお宝を何もせずに処分なんて鍛冶の神様が怒り出すぞぉぉぉぉッ！　ワシが！　ワシが買い取る！　お前らが使わんならワシがいくら買ったってよいじゃろぉぉぉぉぉぉッ!?」

「そりゃダメですよ」

「なんでじゃぁぁぁぁぁぁぁッ!?」

すげない拒否にズドットさんますます逆上。

「だって僕は薬師協会に専属契約してるんで、部外者と取引したら契約違反になります。仁義は通さないと」

「そんな堅いこと言うなよぉぉぉぉぉんッ!!」

というかズドットさんさっきから元気すぎませんか？

腰の痛みはどうした？

「エピクさん。この魔物の薬材選別終わったんで処理お願いできますー？」

「んおッ、スェルいつの間に？」

「ズドットさんの話が長くなりそうなんで、本来の作業に戻っていました」

さすがスェル時間を無駄にしない。

マジョロウグモ毒の鎮痛剤を作ったからにはズドットさんの件は無事終了したと判断していいかなあ。

そりゃあ本来の業務に戻るか。

「待て、選別が終わったということは残りの部分は……？」

「『消滅』させますが」

「だからやめろって言ったろぉおおおおッッ!!」

縋《すが》りついてきて一向に作業が進まない。

そりゃまあ鍛冶師である彼にとっては薬師が『いらぬ』と捨てて残った部分こそが本当に美味《おい》しい部分であるのだろうが。

「おいこりゃああああッッ!!　スェル！　薬師協会長の愛娘《まなむすめ》!!　話をさせろ！　こんな優良な素材を目の前で粉々にされるなど鍛冶屋にとっちゃ拷問じゃああああああッ!!」

正確には『粉々』でもないんですがね。

粉々をさらに粉々にした感じ？

とにかく僕個人での話では埒《らち》が明かないと感じたらしいズドットさん、より意思決定の強い権限を求めてスェルに交渉の狙いをつける。

「そんなこと言われても困りますよ～。私だって協会長がお父さんってだけで正式な肩書きは一薬師なんですから～」

「じゃあ誰に訴えたらいいんじゃあああッッ!?　とにかくここの素材全部ワシにくりゃれぇええええええええッッ!!」

強欲な。

「とりあえず腰はもう治りましたよね？」

「そうじゃ！　いいことを思いついた！　金で取引できんなら別のものでどうじゃ!?」

話聞かないなあ、このおじいさん。

「この素材をくれたら、ソイツでワシが装備を作ってしんぜよう！　お前さん専用の装備じゃ！

無料で進呈しようではないか！」

「えええ……!?」

それ何か意味あるんでしょうか？

特に僕は『消滅』スキルがあるので武器はまったく必要ないのですけれど。

今じゃ『消滅メス』があるから冒険者必須の解体ナイフすら必要ない。

「な、なら防具でどうじゃ!?　マジョロウグモの薄殻を使うとなあ、軽くて薄くて衣服と変わらんような鎧《よろい》ができるんじゃぞ！　そのくせ頑丈さは鋼鉄製より上じゃ！　ワンランク上の冒険者ならむしろ持ってて当たり前の優良装備じゃあ!!」

ワンランク上と言われましても……。

僕は元々最下級のＦ級冒険者。そして今はクビになって冒険者そのものでもない。

「何々わかっとるんじゃぜぇ……!?　これほど豪勢な素材を集めてきたってことはお前さん、魔の森の奥へ入ったのう？」

「うッ!?」

あっさりと見抜かれた。

「あそこから生きて帰ってくるにはＤ級Ｃ級程度の実力じゃどうにもならん。実際に生還しただけでなくこれだけの土産を持ち帰れたってことは実力もそれ相応ってことじゃあ。そんな猛者が、こんなヨレヨレの冒険服じゃあ格好がつかんぞぉ？　ホレホレ？」

と言われて引っ張られたのは、僕の着ている一張羅。

もう一年近くもこれだけで通しているのでヨレヨレのボロボロだった。

そういやギルド受付嬢さんにもヨレヨレだって言われたがＦ級の少ない報酬じゃこれが精いっぱいだったんだ。

でも古着屋で掘り出し物を運良くゲットできたんだぞ。

ほとんど袖を通されてないような新古品で、買えた時は嬉しさで舞い上がった当時の思い出。

今は見る影もなくボロボロだがな。

「いいものにするかどうかは別として、買い替えはしないといけないんじゃないですか？」

スェルにまで言われて買い替えを強いられる僕。

「ウチからお給金は出てるんですから資金に問題はないでしょう？　ここは思い切ってガッツリ使いましょうよ！」

「では今日から古着屋巡りだな」

「なんで頑《かたく》なに安く済ませようとするんです？」

体に染み込んだ貧乏の本能が！

「だーから！　ワシがタダで作ってやる言うとろうが！　この鍛冶師組合長ズドット、その道四十五年の磨き抜かれた技によって、この街の新たな英雄に相応《ふさわ》しい装束をこさえてくれる！」

強引さでもって割り込んでくるズドットさん。

どうしても僕の新しい装備を作りたくてたまらないらしい。

どうしてそこまで執拗《しつよう》なのか？

「正直言うとのう。こんなにいい素材に触れるなんてもう二度とないと思っていたからのう。老い先短いこの身、少しでも悔いのないようにしておきたいんじゃ!!」

本当に純粋に優良素材を加工したいだけのようだ。

ここまで切実に望まれたら、僕も断り続けることはできなかった。元々押しの弱い性格だし。

「わ、わかりました……！」

「やったー!!」

するとズドットさんはあれよという間に弟子の鍛冶師さんたちを呼び込み、部屋にあった素材根こそぎ持っていきやがった。

「誰が全部持ってっていいと言った!?」

「薬師協会の取り分はちゃんと取っておくから安心せいやー!!」

薬師と鍛冶師で必要としている部位が違うところが唯一の救いか。

アレを見てわかるがズドットさんの腰痛の原因は精神的なものだろうな。

歯ごたえのない素材ばかりを扱わされることでスペシャリストにかかるストレスの高さは、一体どれほどのことなのか。

「どうやらモンスターの他の部位もお薬になったようですねえ」

状況を見て苦笑いするスェル。

上手《うま》くまとめやがったな。

◆【ギルドマスター視点】◆

冒険者ギルドマスター、ギズドーンは日に日に苛立ちが募っている。

彼にとって、これからの日々は常に上り坂であったはずだ。

晴れてギルドマスターの称号を手に入れ、自身の所有物となった組織を世界一とし、みずからも歴史に名を残す偉人になるという。

その前途洋々の未来は、早くも暗雲たち込め、完全な闇の中へと沈み込もうとしていた。

その皮切りは、薬師協会からの全クエスト契約の打ち切りである。

実際に打ち切られてから知ったが、薬師協会は冒険者ギルドが扱う全取引の二割を占める上得意先だった。

つまり先方が発注するクエストのすべてがなくなれば、冒険者ギルドの日々の利益が丸々二割消えてなくなるということになる。

それは深刻な打撃という他なく、ギルドは少ない取り分で滞りなく運営する体制を練り直さなければならなかった。

「薬師風情が……！　草を煮るだけのインチキ商売の分際でオレ様に盾突くとは身の程知らずめ……!!」

ギルドマスターの苛立ちは主に、薬師協会及び、その協会長へとぶつけられる。

彼の妄想の中で、薬師協会長バーデングは何度無惨に殺され、薬師協会は何度破壊と殺戮《さつりく》に晒《さら》されたかわからない。

しかし当然、そんな想像の中での復讐《ふくしゅう》は虚《むな》しいだけだった。

それがこの上なく不快で我慢できない。

一ギルドの頂点にまで立った自分が、今さら何故他人からの影響を受けねばならないのだと。

「くだらん！　実にくだらん！　この程度でオレ様を追い詰めたと思ったら大間違いだぞ!!」

ギルドマスターにも対抗手段はあった。

みずからを英雄と任じる彼である。困難に対応する策は、一つや二つすぐにでも用意できるつもりでいた。

そして実際に用意した。

得意先の一つを失ったなら、他のもう一つの得意先を頼ればいいのだ。

鍛冶師組合である。

冒険者と鍛冶師との繋《つな》がりは、薬師とのそれよりもずっと強い。

何しろ鍛冶師が鍛え上げる武器や防具は、冒険者が獲得してくるモンスター素材や希少鉱物を元にしている。

そして作られた装備品は冒険者の手に渡り、それをもって新たな冒険を切り拓《ひら》いていく。

鍛冶師と冒険者は、いわば一心同体と言っても過言ではない。

それぐらい密接な間柄でこそ、互いに与え合う利益は半端なものではない。

実際に鍛冶師組合が発注する素材納品クエストは数十件に及び、日々もたらされる冒険者ギルドへ利益は全体の四割に及ぶ。

薬師協会から上がる利益よりも大きかった。

鍛冶師組合こそが最大本命の取引相手と言ってよく、それに比べれば薬師どもなど予備的な儲《もう》け相手に過ぎない。

薬師からもたらされた損失はたしかに痛いが、その分より大きな利益を鍛冶師の方から回してもらえばいいだけだ。

鍛冶師組合からのクエスト発注を増やし損害分の補塡《ほてん》に当てる。

「オレ様みずから鍛冶師組合へ行ってこよう！」

ギルドマスターみずからの訪問であれば相手側もその栄誉に感じ入り、どんな要求でもそのまま飲んでくれるであろう。

彼自身にそれだけの価値があると信じて疑わなかった。

自分はギルドマスターなのだ。

価値ある人間なのだぞ。

と。

そして実際に鍛冶師組合本工房へと足を踏み入れた時……。

彼の幻想は脆《もろ》くも崩れ去ることとなる。

◆

工房へ入った途端、焼けつくような熱気にギルドマスターは顔を逸《そ》らした。

鍛冶用の炉から発する物理的な熱気ではない。興奮や情熱から発する心理的な熱だった。

幾十人もの鍛冶師たちが忙しげに駆け回る。

作業中のようだが、鍛冶工房がここまで賑《にぎ》わっているのをギルドマスターは見たことがなかった。

いつもはもっと黙々淡々としているように見えたが。

「グラップルウルフの毛皮鞣《なめ》しはどうなっている!?　ちゃんと均等に鞣せよ！　貴重品なんだからな!?」

「オレ鼈甲《べっこう》作りなんてやったことねえよ!?　どうすればいいの？　親方しかいないでしょ、やり方知ってるの!?」

「親方はマジョロウグモの扱いにかかりきりだ！　自信がねえなら、そのままにして待ってろ！　手探りでやって失敗しても取り返しがつかねえぞ！」

なんと張りがあり、活気に満ちた大声が飛び交うことか。

ギルドマスターはしばらく呆然《ぼうぜん》としていたが、すぐに自分がここに来た意味を思い出し……。

せわしなく駆け回っていた鍛冶師の一人を呼び止める。

「おい、オレ様は冒険者ギルドのギルドマスターだ。鍛冶師組合長を出せ」

「はあ？　冒険者ギルド？　面会のアポはなかったはずだが？」

「オレ様が直接足を運んでやったんだぞッ!!　四の五の言わずにお前らの親分を連れてこんかッッ!!」

薬師協会絡みの苛立ちはまだギルドマスターの中に蟠《わだかま》っている。

だからちょっとしたことですぐ度を失って怒声を飛ばしてしまう。

「……ちッ、しゃあねえな……！」

恐らく鍛冶師組合長を呼びに行くのだろう下っ端の背中を見送り、『これではダメだ』と呼吸を整え直す。

自分は英雄になる男なのだ、こんなことで動じてはならないと。

しばらくすると彼の要求通り鍛冶師組合長が現れた。表情に『面倒くさい』という心境が隠すことなく浮かんでいた。

「ほう、冒険者ギルドの親玉が本当にいやがった。忙しさに目を回した半人前が幻影を見たのかと思ったがな」

「ご無沙汰している鍛冶師組合長！　元気そうで何よりではないか！」

ギルドマスターは抜け目なく笑顔を作り、交渉相手にすり寄る。

今日はこの頑固そうな老人に頼み事をして『うん』と頷《うなず》かせなければならない。

だからたとえ相手が〝格下〟だろうと下手に出るつもりでいた。

「お体を悪くされていると聞きましたが元気そうで何よりです！　精悍《せいかん》な顔つきで！　まだまだ現役を続けられそうですなあ!!」

心の中では『生き汚い耄碌《もうろく》ジジイめ』と舌を出すことを忘れない。

ギルドマスターにとって自分以外のすべての人間は、自分より下等な『利用されるべき道具』だと思っていた。

だからコイツにもいつもより多くのクエスト発注をさせて、自分の役に立たせてやる。

「……まあいいか、ワシもお前さんらに用件があったんでな。わざわざ伝えに訪ねる手間が省けたってもんだ」

「はい？」

「これからアンタらへのクエスト発注減らしていくから」

「はああああああッッ!?」

しかし告げられた事実は、ギルドマスターの希望とはまったく真逆のものだった。

クエスト発注を増やしてもらいたかったのに、それを切り出す前にまったく正反対の減少を告げられるとは。

度を失って困惑する。

「何故何故何故!?　アナタ方は仕事をする気がないのですか!?」

「どうしてそうなる？　現に今こうやって仕事に打ち込んでるじゃねえか？　ウチがここまで活気づいたのはここ最近ないことだぜ？」

たしかに周囲の忙《せわ》しなさはギルドマスターにも感じ取れる。

ならばなおさら何故？

「お仕事が忙しくなるならなおさら我々との取引は必要でしょう!?　何せ鍛冶師は素材がなければ武器も防具も作れないのですから!!」

「その素材を届けてくれるのがアンタら冒険者だからなあ？」

「その通りです！　アナタ方のやる気が溢れ出たんなら、それに見合った素材を我々がお届けしましょう！　むしろ発注を増やされては!?」

そうなった方が目論見《もくろみ》通りとなり、ギルドマスターとしては万々歳。

しかし交渉相手の顔色は渋く……。

「なあ、アンタわかんねえかい？」

「は？」

「今、ウチのもんらがしている仕事を直に見て気づくことはないかと聞いてるんだ」

しかしギルドマスターには何事もわからなかった。

そもそも鍛冶師ではない自分に、専門のことがわかるか。『バカか』と思った。

「……冒険者ギルドマスターのくせに、自分が納めた素材を見分けることもできねえってのか？まったく予想以上の節穴だな、その目は？」

「何ぃッ!?」

この街の鍛冶師が扱う素材は、冒険者が納入したモンスター素材以外ありえない。

だから今加工されているものも当然冒険者ギルドから納入されていた素材だとばかり思っていたが、違うというのか。

「アンタのとことは他に素材入手のツテができてな。それが質がいいわ上級だわで、ウチの連中も沸き返ってるわけよ。やっぱりいいものを扱うとなったらやる気も違ってくるわな。アンタのとこの三流納入品とはわけが違ってよ」

「三流納入品……!?」

『もっと高ランクのモンスター素材が手に入らないか?』かねてから鍛冶師組合より散々言われてきたことだ。

言われるたびには『善処します』と請け合ってきたが、具体的な改善は案すら出さなかったギルドマスターである。

何故《なぜ》なら、ギルドが運営されるに現状の鍛冶師組合からの報酬で充分だからである。

足りているものを骨を折って過剰に増やす必要などない、そう思ってずっと取引相手の意向を無視し続けてきたツケが今回ってきた。

「ワシらはよりよい素材の加工で忙しいからその分リソースを締めなきゃならん。というわけでアンタらとの取引は縮小したいってわけだ」

「そんな困ります！　我々はむしろ取引を拡大したいというのに!?」

「そりゃあアンタらの都合だ。互いの都合が噛《か》み合《あ》ってこそ取引は成立する。アンタも大人ならわかるだろう？　安心しな、既に受注が成立してる分まで無理矢理《むりやり》破棄したりなんかしねえよ。そこまで無分別じゃねえぜウチはな？」

その言葉に言外の意図を察し、ギルドマスターは息を飲んだ。

知られていることを悟った。現在ギルドが薬師協会とトラブルに陥っていることを。

その弱みを握られ、これ以上無理矢理に話を進めるなどできるはずがない。

ギルドマスターは辞去の挨拶もせぬまま肩を怒らせ、鍛冶工房から出ていった。

◆

「死にぞこないのジジイが！　とっとと寿命でくたばれ!!」

ギルドへの帰り道、抑えきれない憤懣《ふんまん》が、その対象への呪いの声となって噴き出る。

しかし現実にはますます抜き差しならない状況へ追い込まれている。

鍛冶師組合との取引は増えるどころか逆に減り、薬師協会とのイザコザで失った儲けも含めれば、いよいよ損害額は冒険者ギルドの屋台骨をぐらつかせるほどになる。

「何とか……！　何とかしなければ……！」

ギルドマスターの表情に険しさが増す、それはもはや鬼が乗り移っているかのようだった。

「まだだ……！　英雄で、世界一のオレ様にはまだまだ策が残っている。既に発動済みのあの手が成れば……！」

ギルドマスターがほくそ笑む。

その余裕のない笑みに、もはや勝機は窺えなかった。

「A級冒険者さえ招聘《しょうへい》できれば、オレ様のギルドは不死鳥のように復活できる……!!」

◆【街の外からやってきた冒険者の視点】◆

リザベータは冒険者である。

階級はA。

A級冒険者といえば押しも押されぬ一流の証《あかし》であり、同業者だけでなく全人類から羨望の眼差《まなざ》しを受ける。

その中でリザベータは『白豹《はくひょう》』の異名を持つ猛者であった。

女性冒険者ながら数々の修羅場を潜《くぐ》り抜《ぬ》け成功を収める。それだけでなく見目麗しく長い白髪が、舞い散る雪のように美しいと言って貴族社会でも評判であった。

国王からの謁見を許されたこともある。

ここ最近は北端の巨大ダンジョンに挑戦し、ある程度の成果を挙げたので一定期間の休暇を取ろうとしていたところだった。

そこへ舞い込んできた依頼が、とある冒険者ギルドへの出向であった。

エフィリトなる聞いたこともない街に小さなギルドがあるという。そこのギルドマスターが有力者と知り合いであり、そのコネから彼女を送り込む手筈《てはず》を整えたようだ。

常に実戦で生きてきたリザベータにとって、こうした折衝で物事を決められるのは不快にならざるをえない。

どうせ重要ポストを任されて有頂天になった新任マスターが、箔《はく》付けしようとでも言うのだろう。

つまりリザベータは能力云々《うんぬん》ではなくA級冒険者としてのネームバリューのみで引っ張られようとしている。

名を誉《ほ》めそやされ、実を無視されるのは実践家リザベータの誇りを傷つけるものだが、頼み込んできたのがかつて世話になった恩人であったために断ることもできず、腰を上げた。

「せっかくの休暇が台無しだわ……！」

しかもこれから向かうギルドは小規模で、元々の在籍者にはA級どころかB級すらいないらしい。

それでも回っていくのだから各地に星の数ほどある中小ギルドにすぎないのだろう。

そんなところにA級が出向しても持て余すのみだろうが、元々休養に当てる期間でもあったので『バカンスの小旅行』という気分で行けばいいかと繰り出す。

リザベータも引き受けたからには中途半端な仕事はしないつもりだった。

こうした上級冒険者の出向は、新人たちへの指導教導による戦力の底上げが意義だとされている。

冒険者とはいえ平和な田舎町のギルドでは大した騒動もなく、意識も弛緩《しかん》しがちだというのは常なること。

そこに活を入れ、現場を緊張させるのが第一線を知る上級冒険者の役目である。

リザベータも到着し次第、在籍冒険者たちに鬼の訓練を課すつもりだった。

ギルドマスターの箔付け願望の末に下の者たちは地獄を見ることになるだろうが、その結果クエスト中に死ぬこともなくなるのだから恨まれることはあるまい。

目標ができればモチベーションも上がるということで、街に近づく頃にはリザベータもやる気に満ちてきた。

その一端として……。

「ギルドに入る前に、狩り場の下見でもしておきましょう」

という気になった。

大抵各街のギルドにはそれぞれに即した活動フィールドがあり、冒険者はそこでモンスターを狩ったり、薬草や鉱物を採取したりする。

狩り場の雰囲気を見れば、そこで活動する冒険者のレベルも窺い知れるというので指導の参考にしようと思った。

上手くいけば冒険者の活動そのものも見学することができる。

エフィリト街の冒険者が主に出入りしている狩猟場は魔の森と呼ばれているらしい。

事前に調べてきたが、現れるモンスターはディスイグァナ、カンルーチョグ、ウルシシカなど標準的なものばかりのようだ。

それらのモンスターに低級冒険者がどの程度立ち回れるか、それを確認できれば上々と思うリザベータであった。

◆

そして実際に魔の森へと到着し、周囲を見回す。

森というだけあって数え切れぬほどの木立に囲まれ、枝葉に陽《ひ》は遮られて鬱蒼《うっそう》と暗い。

そして何より静かだった。

リザベータの気配察知能力なら忍ばせた足音も労せず感じ取れるはずなのに。

何も聞こえてこないということは、この周囲で人の一人もいないということなのだろう。

気候時刻、この絶好の狩り日和に冒険者が一人も活動していないというのか。

もう少し探し回れば誰か見つかるのだろうか。

「あの」

「ひゅわぁああああッッ!?」

唐突に声を掛けられリザベータは驚きに飛び上がった。

声がしたのは背後から。

体に染みついた緊急動作で、独楽《こま》のように旋回しながら腰のサーベルを引き抜き戦闘態勢へ。

「ひえぇッ!?　ちょっとちょっと待ってください!?」

声を掛けてきたのであろう相手は、向けられたサーベルの切っ先に恐れおののき、両手を上げて

無抵抗を示す。

よくよく確認すれば、まだ十代半ばというほどの少年ではないか。

大人とも言い切れない幼い相手に抜刀する大仰さを恥じ、リザベータはすぐさまサーベルを鞘《さや》に戻した。

「失礼、こんな危険地帯で、つい高ぶってしまったのよ」

「はあ……？」

「アナタも気を付けることね。実戦を積んだ冒険者に背後から忍び寄るなんて、反射的に斬られても文句は言えないわよ」

「忍び寄る、ですか？　そんなつもりはなかったんですが……」

という少年の抗弁を聞き『そんなまさか』と思った。

リザベータはこの時、気配察知を使い周囲を窺っていたのだ。そんな彼女の背後にまで近づくには、難関ダンジョンで磨き上げられた彼女の感覚を欺かなくてはならない。

匂いも足音も消せるネコ科猛獣ならまだしも、人間程度ができるものだろうか。

ましてこんな素人臭そうな少年が。

「……アナタ、冒険者？」

「はい？」

「この魔の森の中をうろつくのは冒険者以外にいないでしょう？　お散歩コースにしてはスリリン

グすぎる場所よ」

「はあ……、たしかに僕は、冒険者……でした」

「でした？」

より詳しく事情を聞くと、なんでもつい数日前まで冒険者であったところ、実績不振を理由にギルドから追放されたとのこと。

元の階級はＦで、薬草採取ばかり請け負っていたそうだ。

「それは理不尽な話ね。冒険者の進退を決める権利は本人にしかないわ。たとえギルドマスターであっても犯罪への罰以外でその権利を取り上げることはできない」

「そ、そんなに怒らなくても……!?」

「とはいえアナタが情けないことに変わりないけどね。Ｆ級に三年以上とどまり続けるなんて適性がないとしか言えないわ」

厳しい物言いをズケズケと言うが、それが本人のためでもあるとリザベータは弁《わきま》えている。

これまでも若い冒険者たちが身の丈に合わぬクエストに挑戦し、儚《はかな》くなるのを何度も見てきた。

その点鑑みれば、諦めのつかない不適格者に引導を渡すのも上役の務めか……とも思えるリザベータだった。

そこまで考えが巡ってふと、ある矛盾に気づく。

「え？　だったらどうしてアナタここにいるのよ？　冒険者をクビになったんでしょう？　だった

らここにいる資格もないんじゃない？」

「実はいい縁がありまして……！」

冒険者をクビになった彼だが、その入れ替わりのように薬師協会の重役と出会い、雇われたのだという。

薬材を納入するのに信用がおけない冒険者に代わり、専任で直接薬師協会に薬草を届ける。

「へえ、変わったことをするのね」

「お陰で僕は路頭に迷わずに済みました。薬師協会の人には感謝しかありません！」

言葉尻の強さに感謝の念が感じられたが、リザベータの頭は冷めていた。

彼を雇ったという薬師協会の人間は、ことの重大さをわかっているのだろうか。

この少年が実力不足からギルドをクビになったのは、そうしなければ今後命に係《かか》わると危惧したからかもしれない。

そんな彼を再び危険地帯に突入させては、結局死の運命は変わらないではないか。

中途半端な優しさはけっして本人のためにはならない。

それは死線を潜り抜けた本物の冒険者にしかわからないことなのか、とリザベータは嘆息した。

「あの……、僕の身の上はこんなものですけど、アナタの方は……？」

「ん？　ああ私ね、私の名はリザベータ。Ａ級冒険者よ」

そう言って証明となる襟章を見せる、『元』であっても冒険者ならこれで通じるはずだった。

「えぇーッ!?　A級冒険者!?　凄い！　僕初めて会いました!!」

「そ、そう……!?」

そこまで感激されると悪い気もしない。

チヤホヤされれば人並みに浮かれもするリザベータだった。

「知らない人が森の中にいたんで、もしかしたら新しく入った冒険者が迷ってるのかなと思ったんですが、いらない心配でしたね！　失礼しました！」

「なッ!?」

そしてすぐさま冷や水がかかる。

このA級冒険者リザベータをよりにもよって新人扱いとは。

「この辺は危険なんですよ。A級さんでも注意した方がいいかもしれません」

「あら舐《な》められたものね。冒険者の狩り場に指定されてる地域に冒険者が立ち入るのは危ないと？」

むしろ危ないのは万年F級のお前だろうと言いかけた、その時だった。

「いや、魔の森は奥に進むと格段に危険なんですよ。そして今ここはかなりの奥、するとあのように」

のっそり……、と二人にかかる巨影。

少年と話し込んでいたとはいえ、その気配に気づくことができないとはA級冒険者として恥じ入る失敗だった。

二人に接近する巨体は……。

「ガリゴリグリズリーッ!?」

クマの様相を持ったあまりにも巨大なモンスターは、ギルドデータにおいてB級相当とされる難敵。

たとえA級の彼女であっても油断していい相手ではない。

「どういうことよ!?　この森の適性ランクはE級じゃなかったの!?」

つまりE級冒険者ならば問題なく生還できる、という難易度であった。

しかしそこにB級相当のモンスターが現れれば適性ランクなど無意味となる。

「クッ、ここは私が引き受けるから早く逃げなさい！　モンスターめ！　A級の私に出遭ったことを不運と思うがいいわ!!」

「『消滅弾』」

「あれぇーッ!?」

リザベータが身構えるよりも前に、魔物クマは頭部を消し飛ばされて絶命した。

F級冒険者……しかも『元』と名乗った少年が飛ばした何かしらによって。

F級冒険者によって。

そんなことが起こるはずがない。

ギルドが割り振った等級は絶対なのだ。目の前の脅威を可視化し、判断を明確にすることで冒険者たちの生還率を上げようというのが冒険者等級の意味なのだから、それが覆される事態など実現してはならない。

最底辺のＦ級冒険者が、Ｂ級相当のモンスターを瞬殺するなど。

「あああ……!?　アンタ一体何をしたのよ!?　抉《えぐ》れてる？　クマの身体が……!?」

「いやぁー練習の甲斐がありましたよ。やっと最小限の『消滅』だけで息の根止められるようになった……！」

　Ｆ級の少年は、よくわからない単語をちりばめるので言葉の意味は計りがたい。

　リザベータの理解など関係ないとでもいうかのように、少年はテキパキと仕留めた獲物の後始末を進める。

　頭部を吹き飛ばされた魔物クマは、絶命しながらその体のほとんどを無事残している。

　掠《かす》り傷《きず》一つすらついていないから、これをギルドへ持ち込めば大喜びされることだろう。この死骸から採取できる素材は一級品だ。

「なんかですねー、ガリゴリグリズリーの生胆《いきぎも》って物凄くいい薬になるらしいんですよね。だから見つけたら取ってきてくれって言われてて……」

　少年が指先を立てて、モンスタークマの死体に沿わせて『ス……』と引く。

「『消滅』メス」

　すると表面の毛皮が簡単に裂けて、素人が見たら衝撃の内臓部分が開かれる。

「ヒッ!?　何それどういうこと!?」

　脇から覗いてリザベータは驚嘆した。

「ガリゴリグリズリーはＢ級相当よ!?　その皮膚は鋼鉄並みに硬い、倒すにも捌くにもアダマンタイト製のマルテンサイト刃がいるのに!?　何で指先でケーキみたいに切り分けているのよ!?」

「ケーキ？　何それ？」

　少年の手は止まらず、モンスタークマの臓腑《ぞうふ》や骨、そのすべてをスイスイ切り分けていき、目的の胆を切除、摘出してしまう。

　彼の指先が発する謎の切れ味もさることながら、解体の手際も鮮やかで熟練冒険者と見紛《みまが》うかのようだった。

　しかし違う。

　彼は素人同然のＦ級冒険者なのだとリザベータは、改めて自分に言い聞かせる。

「す、素晴らしい解体テクニックね。でもこんなところで獲物の腹を開いてしまってどうするの？　ガリゴリグリズリーの素材はまだまだ有益な部分がたくさんあるわ。これらを全部持ち帰るなら、むしろ解体は街に持ち帰ってからするべきじゃ」

「いいえ、持ち帰りませんよ」

「はい？」

「残りは消します」

リザベータが疑問に思うより早く、ボンッという音と共に生胆だけ抜き取られた怪物クマの死体は消え去った。

塵《ちり》すら残らず。

「ええぇーッ!?」

「下手に死骸が残ってると、それを食べに他のモンスターが集まってきますから。この辺のヤツならいいですけど魔の山から下りてくると困るんで」

「も、もったいない……!?　B級相当モンスターなのよ!?　毛皮も爪も骨も、優良素材になって高く売れるのに……!?」

こんな使い手が。

「僕の今の雇い主は薬師協会なんで、薬になるものだけがターゲットです」

やはり彼が冒険者ギルドとの縁が切れているというのは事実らしい。

ガリゴリグリズリーを仕留めた恐るべき破壊能力は、スキルによるものと推測できる。

しかし少年はそれだけでなく、獲物の解体で見せた手際のよさ、必要ないと判断した素材を躊躇《ちゅうちょ》なく消し去ってしまった判断力の苛烈さなども見せてきた。

いずれも熟練冒険者が、実戦経験の果てに身につけるべきもの。

そのクオリティは一流と呼ぶに相応しい。

リザベータは、この少年に興味を覚えずにはいられなかった。

「……アナタのその力は何なの？」

「はい？」

「モンスターを斬ったり消したりした力よ！　あれスキルなの!?　だとしても尋常じゃない威力よ！　どんな職系ならあんな凶悪スキルが身につくのよ!?」

「尋常じゃない、凶悪スキル……!?」

少年は動揺し、戸惑うばかり。

こうした対人における頼りなさは年相応だというのに。

「……そうね、失礼だったわね」

「は？」

「他人のスキルを根掘り葉掘り聞こうなんて、切り札を晒させることなのにね。Ａ級冒険者の私としたことが下品なマネをしたわ」

そう言ってリザベータは、腰に下げたサーベルを引き抜く。

「私のスキルは『剣士』系、細身のサーベルを重点的に鍛えたから刺突力が上がってるの。『モンスター相手じゃ肉厚の大剣じゃなきゃ効果ないさ』っていうヤツもいるけど結局ダンジョンとかを歩き回るのに武器も軽い方がいいのよね」

「なるほど……!?」

「さらに魔法系も修めて属性付加した『釧《くし》刺し』が必殺技。そのお陰で『白豹』なんていうあだ名を頂いたわ。さあ私のスキルを話したんだからアナタのスキルも話しなさい」

「そういう魂胆なの？」

自分のスキルを教えたからには相手もスキルを教えなければならない。

目的のためには自分自身をさらけ出すことすら厭《いと》わないリザベータだった。

かといって相手が勝手に暴露したのに付き合う義理はないのだが、少年は根が善人なのだろう、意外とアッサリ自分の手札を晒してきた。

「僕のスキルは『消滅』スキルです」

「聞いたことない」

「任意の空間内にあるものを何でもかんでも消せるスキルと言いますかね。これまでは消滅範囲を指定できなくて何でも問答無用に消してたんですが……」

少年は、少しだけ誇らしげに言う。

「最近は練習してコントロールできるようになりまして。『消滅空間』を球状にして投げつけるとかもできました。それがガリゴリグリズリーを倒した『消滅弾』です。それに、指先だけに小さな『消滅空間』を作って、それで斬り裂く『消滅』メスとか……」

「何よそれ。もしかしなくてもユニークスキルじゃない!?」

「ん？　海胆《うに》……苦？」

「ごく希少な割合で生まれ持つ特別なスキルのことよ。職系統に属さず、単体で凄《すさ》まじい効力を持つの。ユニークスキル持ちは上級冒険者になることが約束されているようなものでS級昇格の最低条件とも言われているのよ!?」

「いやいやまさか」

ただ説明を受けただけでは俄《にわ》かに信じがたいことだったが、リザベータは『消滅』スキルが振るう恐ろしい暴威の方を先に見ているので納得できる。

経験をしっかり技能に変えて蓄えているユニークスキル持ち。

こんな逸材がF級冒険者で、しかも実力不足で追放されるなんて。この街のギルドは何考えているのか。

正常な判断のできるギルド職員がいないのではないか。

そのように興奮して周囲への注意を怠ってしまった。

「出てきたマジョロウグモ」

「え?　うぎゃあああああッッ!?」

気づけば巨大なクモたちがリザベータたちを取り囲んでいるではないか。

数は五、六匹ほど。全方位を塞いでいる。

「マジョロウグモ!?　B級どころかA級相当まで出てくるの、この森!?　適性審査なんて何の意味もなしていないじゃない!?」

A級冒険者のリザベータが戦慄する魔境。それがこの魔の森であった。

いかな彼女でも、この多勢に無事勝ち抜ける自信はなかった。それでも戦わなければ生き残れない。覚悟を決めてサーベルを引き抜く。

「こうなったら私が前衛で食い止めるからアナタのユニークスキルで……」

「『消滅』」

「……すべてが解決した!?」

覚悟を決めるまでもなかった。

少年にとっては、凶悪なA級相当モンスターすらザコに過ぎず、瞬時のうちにスキルで消し去って終わりだった。

リザベータは遅まきながらやっと気づくことができた。

この森で出会った最強最悪のバケモノは、目の前にいるこの少年なのだと。

◆【ギルドマスター視点】◆

ギズドーンは自身が優秀なギルドマスターであることを信じていたが、自分の支配するギルドに関しては不満もあった。

上級冒険者がいないことだ。

一般的にはS~Fまである冒険者等級の中で、B以上の等級を持つ者が上級とされる。

ギズドーンが率いるエフィリト街の冒険者ギルド、そこに登録する冒険者の中で最高等級はDであった。

これがギズドーンの自尊心から見ると非常に面白くない。

彼が率いる世界一のギルドには、世界一の冒険者が所属しているべきだった。

D級以下のゴミクズなど存在するだけでも汚らわしい。

気に入らぬ状況打破のためギズドーンはギルドマスター就任直後から精力的に動いていた。

彼の持つあらゆるコネクションを駆使し、各都市の冒険者ギルドに働きかけB級以上の上級冒険者の招聘を呼び掛けた。

無論そんな簡単な話ではなく、上級冒険者は数においても希少である上に、精強であるからこそ多くの人から求められ引っ張りだことなる。

実際にダンジョンやモンスターなど、緊急の理由で上級冒険者が求められることが多く、ギズドーンのような『箔付け』で求める者には後回しになることが常だった。

しかし数年越しでの招聘運動が実を結んだか、ついに彼のギルドにA級冒険者がやってくることとなった。

これで自分のギルドはより完璧となり、優秀なる自分に相応しいものとなる。

ギルドマスターは、A級冒険者が到着するその時を指折り待ち焦がれるのだった。

そしてついにやってきた。

Ａ級冒険者が。

その名をリザベータという若い女冒険者だった。

新雪のような白い髪に、衣装まで純白。

舞踏会に出しても見劣りしないその美貌は、ギルドマスターの目にも大変満足だった。

実力もあり見た目も麗しい完璧な手駒。

起死回生の切り札だった。

「……随分と遅かったのう」

しかし喜びをあらわにしない。

あくまで身分はギルドマスターが上。これから相手を使いこなすためにも舐められないことが肝心だと思った。

ゆえに高圧的に、主人が奴隷に対するように振る舞う。

「冒険者風情はマスターに命じられれば全力で駆け付けるべきであろうに、どこでグズグズしておった？　お化粧でもして遅れおったか？」

ここで散々嬲《なぶ》って相手の非を打ち鳴らしておけば、恐縮し自分の言うことに逆らわなくなるだろう。

それが彼にとって処世術のつもりだった。

「本当はＳ級冒険者がよかったというのにＡ級なぞガッカリじゃ。しかしまあオレ様の采配ならお前ごときもS級になれるかもしれんぞ？　向上心があるならオレ様に従い、研鑽《けんさん》に励むことじゃのう」

そして相手のプライドのよりどころになっているところを折り、支えを失ったところで自分に依存させる。

最後のとどめの一言を放った。

「それが嫌ならとっとと出ていくがいい！」

「わかりました、出ていきます」

A級冒険者リザベータは踵《きびす》を返し、ギルドマスターに背を向けた。

「は？」

意表を突かれ、ポカンと大口を開けるギルドマスター。

「こ、この大バカ者！　帰れと言われて本当に帰るヤツがあるか!!」

「帰れと言われて帰るのは当然でしょう。自分の発言には責任を持ちなさいよ」

女性冒険者は、顔色一つ変えずギルドマスターに真正面から向き合う。

数多くの修羅場を潜り抜けたからこそのA級冒険者である。苦難によって能力だけでなく精神も磨かれ、罵詈雑言《ばりぞうごん》ごときで怯《ひる》むたおやかさなど持ち合わせていなかった。

「アンタがこの弱小ギルドの無能マスターってわけ」

「じゃ、弱小!?　無能!?」

「理解していないから教えてあげるけど、私は別に望んでここに来たわけじゃないのよ。知人から頼まれて〝来てやった〟の。だから気が変わればいつでも回れ右して出ていくことが可能なのよ」

「バカな！　バカなそんなことがあるものか!!」

想定していたのとはまったく違う展開にギルドマスターは大いに慌てる。

「オレ様はギルドマスターだぞ！　冒険者はギルドマスターの命令に従うものじゃ！　逆らってみろ！　ギルド理事会に報告してお前の冒険者登録を無効にするぞ！」

「やれるもんならどうぞご自由に」

ギルドマスター最大の脅しにもA級冒険者は揺らぎもしない。

「実際にやってごらんなさい。アンタのギルドマスター適性に疑問が生じて追い込まれるだけよ。冒険者とギルド職員は平等なのが大原則。ギルドマスターも本質は指示者であって上司じゃないのよ」

「何を言っとる!?　指示者も上司も同じではないか!?」

「想像以上にバカのようね」

女の冷静な態度がますますギルドマスターの神経を逆なでする。

「細かい違いを教えるのも面倒だからもっとわかりやすい事実を教えましょうか？　A級は冒険者等級の最上位S級に次ぐ。そこまでのし上がった冒険者には様々な特権が与えられるの。たとえばA級冒険者はギルドマスターと同等の権限を得るとか」

「何をッ!?」

「ちなみにS級はギルド理事と同格になるわ」

ギルドマスターは信じられなかった。

自分が得た地位と特権、それと同じものがこんな小娘にも与えられるなど。

「ギルド規約を読めばわかることでしょうに。こういうところで有能無能が浮き彫りになるわね」

「ぐぬぬ……ッ!!」

「だから私はアンタの指示に従う義務を持たないし、場合によってはアンタを差し置いてこのギルドを指揮することもできるのよ。そんなアタシに暴言を吐き、服従させようとしたこと訴えたければ訴えればいいわ。どっちの首が飛ぶか見ものね」

「ぐぬぬぬぬぬぬぬ……ッッ!!」

一言も反論できない。

ギルドマスターはかつてない屈辱に歯が欠けそうなほど強く食いしばる。

「それにね、私だってこんな底辺ギルドに籍を置くなんて真っ平ごめんなの。こっちにも選ぶ権利があるって理解してほしいわね」

「底辺!?　何を!?」

「ここに来る途中、魔の森に寄ったわ」

A級冒険者リザベータの発言に、ギルドマスターだけでなく周囲がにわかにざわつく。

冒険者ギルドのロビーでは、居合わせた冒険者たちが何人も視線を釘付けにされていた。

大勢の前でA級冒険者をやり込め、自分の権威を高めようとしたギルドマスターの思惑が完全に裏目に出ていた。

「まさか、お前が遅れた理由は……!?」

「その街のギルドを知るには、狩り場を覗くのが一番だからよ。お陰で一目でわかったわ。このギルドに本物の冒険者なんて一人もいないと」

薄曇りの昼下がり、モンスターを探して仕留めるには絶好の日和に活動中の冒険者を一人も見かけなかった。

「そしてギルドに来てみれば、自称冒険者の連中が昼間っから酒盛り。こんなだらしない連中見たことないわ！　コイツら全員冒険者の資格なんてない！　F級からやり直すがいいわ!!」

「おーおーデカい口叩くな姉ちゃんよう!!」

場に居合わせた冒険者の集団から、一際偉ぶった男が立ち上がる。

「ヒトのシマに上がり込んで勝手放題ぬかしやがって！　礼儀がなってねえなあ！　このオレが躾《しつ》け直してやるぜ!!　このギルド最強の冒険者！　D級のガツィーブ様がよぉ！」

「……何？」

突如としてケンカをふっかけてきた男性冒険者にリザベータは訝しむ。

「はねっ返りなB級はこれまでも何度か相手にしたけれど、D級からそんな舐めた口の利き方をされたのはさすがに初めてね」

「A級ぐらいでイキッてんじゃねぇぞ！　冒険者ってのは結局最後にはハートの熱さよ！　それをナマイキ女に教えてやらぁ!!」

駆け寄るとともに鉈《なた》のように厚い剣を振り下ろすD級ガツィーブ。

それに対しリザベータは細身のサーベルを抜き放つ。

「ケッ、バカが！　オレのスキル『切断強化』にそんな小枝みてぇな剣が役に立つか！　テメエの腕ごと叩き斬ってやるぜ！」

「『切断強化』ねえ……！」

リザベータのサーベルの先端が、相手の刃に当たって押し戻していた。

砂粒よりも小さな点で、紐《ひも》よりも細い線を捉える。その神業に居合わせた全員が息を飲む。

「ウソだッ!?　何で斬れねえ!?　『切断強化』を全開にしてるのに!?」

「そんなありふれたスキルでよくいい気になれたものね。ダンジョンに隣接した激戦区ギルドじゃ、他に四つはスキルを持ってないと真っ当な戦力とみなされないわよ」

「ありふれたスキル!?　んなバカな!?」

「一応教えておくけどね。F級は本当にその日なったばかりの仮免冒険者でE級は見習い、D級に上がってやっと一人前とされる。それが冒険者等級の意味よ」

他の都市のギルドへ移れば、ガツィーブなどその他大勢でしかないということだった。

それなのにこの街では唯一にして頂点のD級冒険者だと思い上がり、みずから高めることを忘れるどころか精神まで腐ってしまった。

「鳥なき里の蝙蝠《こうもり》って諺《ことわざ》をここまで的確に体現しているヤツはいないわね」

「ウソだ!?　ギルド最強であるこのオレが負けるなんてウソだあああッッ!?」

「スキル『釧刺し』」

氷結魔法と細剣を合わせたリザベータ必殺のスキルによって、ガツィーブは打ちのめされた。

自慢のスキルを込めた剣と、大仰な鎧が凍りながら砕け散る。

「手加減してやったんだから感謝しなさいよね。本当なら剣の突き刺さった内側から氷漬けよ」

「さぶい！　さぶいぃ〜ッッ!!」

命まで取ることはないと思われたのか。

氷結の刺突はガツィーブの脇をすり抜け、余波だけで全身を凍結寸前まで追い込んだのだ。

「誰かお湯持ってこい！　ガツィーブくんが凍死しちまうぅ!!」

「そんなに都合よくお湯なんかねぇよ！　火炎魔法なら……!?」

「やめろギルドが燃えるぅ〜ッ！」

ギルド中が大騒ぎになる中、一戦成し遂げたリザベータは剣を鞘に戻す。

「一番高ランクの冒険者がクズで、最低ランクが最強。等級と実力がアベコベ。まったく奇妙なギルドね」

「はぬ？」

呟《つぶや》きを聞き取れずにギルドマスターは困惑。

「とにかくこんなギルドの最低水準も満たしていない似非《えせ》ギルドに入るつもりはないわ。ヘドロに浸《つ》かって私まで腐っちゃう」

「似非ギルド……最低水準を満たしていない……!?」

「街の組合とも揉《も》めてるそうだし、遠からず理事会の査定は入るでしょうね。それまでの短い間ギルドマスターの身分を満喫していなさい」

もはや何の興味もないとばかりにギルドから出ていくリザベータ。

頼みのA級冒険者は風のごとく素通りしていき、何事もなかったように吹き抜けていった。

あとには『窮地に陥った冒険者ギルド』という前と変わらぬ状況だけが残った。

◆【再びエピク視点】◆

僕はエピク、今日は休日。

しかしいつもと変わらず薬師協会本部に顔を出しています。

それというのも……!?

「なんでいるんです？」

「やっほー」

森で出会ったＡ級冒険者さんが居座っていたので。

美しい女性の、たしか名前はリザベータさんだっけ？

「薬草採取を専門にしているって聞いたから、その筋に聞けばまた会えるかと思って。ビンゴだったわねー、こんなに早く辿《たど》りつけるなんて」

彼女の横ではげんなりした顔の、スェルとそのお父さん（薬師協会長）が並んでいる。

僕も急な呼び出しを受けたので、かなり無茶なゴネられ方をしたんではないだろうか。

ダメだぞ、そんな冒険者のイメージが下がるような言動は。

「私がどうこうしなくても既にこの街で冒険者イメージは最悪じゃない。さすがの私もあそこまでダメなギルドは見たことがないわ」

「あ、もしかして見てきましたか？」

「いやー、もう腐臭が凄くて。すぐさま出てっちゃったわよ一日だって耐えられないわ」

そこまで？

一応僕あそこに四～五年はいたんですけれども？

「いいんですか冒険者がギルドにいなくて？」

「冒険者が必ずギルドに所属しないといけない法なんてないのよ？　冒険者登録さえすれば、極端な話あとはフリーで各地のギルドを転々としてもいいんだし」

そんなことできるの？

「もちろん一つのギルドに腰を据えて信用を得た方が安定した稼ぎになるんだけどね。でも実力さえあればそれを担保に依頼が舞い込んでくるからA級S級になるとほとんどがフリーよ。一つのギルドに縛られるとしがらみも多くなるしねえ」

「それが最上級冒険者の世界……」

万年F級で最低辺だった僕にはあずかり知れぬ世界だ……。

「何言ってるの？　アナタだってその気になればA級ぐらいすぐになれるわよ。ユニークスキル持ちなんだから」

「ええ……!?」

「こんな僻地《へきち》のゴミギルドなんか無視してギルド理事会に直接掛け合えば一発でしょうよ。というわけでこれから一緒に理事会のある王都に行ってみない？」

もしや。

リザベータさんがこのようなところへやってきたのは、僕をスカウトするため!?

しかし僕ごときをどうして!?　それに僕はもうギルドをとっくにクビになってというか……!?

そんな風にオドオドしていると……。

「都合がいいですよ!!」

強引に割って入ってくるスェル。

「自分たちから一方的にエピクさんをクビにしておいてあとから持ち上げて、都合がよすぎです！　そんなことしたってエピクさんは冒険者ギルドには戻りませんよ！」

「私はアイツらの回し者じゃないのよ、お嬢さん？　あんな掃《は》き溜《だ》めにエピクくんを戻そうなんて毛頭思ってないわ。でも純粋に冒険者としてエピクくんの才能は惜しいのよ」

いやあの、それでも一応ギルドは僕の古巣でもあるので『掃き溜め』はちょっと……!?

「だからってエピクさんに付きまとわれても迷惑です！　営業妨害です！　お父さん、さっさとこの人追い出しちゃおうよ！」

「無茶言うな、Ａ級冒険者なんてなんとかできる相手じゃない」

「なんという厄神ぃいいいいッッ!?」

まあ迷惑であることは間違いないだろうが。

スェルがそこまでリザベータさんを毛嫌いするのはどうしてなんだろうか。

「元々休暇に当てるつもりの時間だったから暇になるのは別にいいんだけど。それにしても休暇を過ごすのには打ってつけの場所だと思ってね。興味深いことも多いし」

「エピクさんのことですかッ!?」

「それもあるけど、他にもあるわよ？」

他？

それって？

「この街の外にある魔の森。冒険者の活動フィールドはたくさんあるけれど、中でも特に異色だと思うのよね」

「……どうしてそう思うのかな？」

相槌《あいづち》を打ったのは、それまで見守っていた薬師協会長さんだった。

「出没するモンスターのレベルがまちまちすぎるのよ。入り口付近には素人向けのＥ級相当、でも奥に行けば行くほど強さも上がって、最奥部にはＡ級相当のモンスターが出てくる。ここまで激しい変化は他の狩り場ではありえないのよ」

そういうものなの？

僕はここ以外の冒険者活動フィールドを巡ったことがないから実感がわかない。

「ダンジョンだって、あそこまで目まぐるしい変化はしないわよ。たとえるなら……そう平原を歩いていると思ったらいつの間にか冬の雪山に迷い込んでいたような感じ？　序盤で油断を誘ってくる分、ガチ高難度ダンジョンよりよっぽど悪意アリアリだわ」

たしかにそうだなあ。

危機察知能力の足りない人なら容易《たやす》く序盤の進みやすさで気をよくし、サクサク進んでいって挙句強敵にぶつかって全滅となってしまうだろう。

僕は『消滅』スキルで気軽に往復できるために、そこまで意識できなかった。

「そのせいかギルドの適性審査もＥ級相当なんてふざけた評価になっているし、これ鵜呑《うの》みにしたら新人冒険者が年間数百人は帰らぬ人となる魔所になっているわよ？　それなのにあの掃き溜めギルドは目立った死者もいないようだし……」

「森の奥へは入らないよう徹底されているからな」

薬師協会長さんが答えて言う。

「よくよく調べてみると、魔の森のさらに奥には魔の山とかいう難所があるらしいじゃない。広く知られていないけど。昔の文献を読み解くと、そこに徘徊《はいかい》するモンスターは世界最高……S級相当の出現例を見つけたわ。どうも魔の森奥をうろついているヤツらは、魔の山から漏れ降りてきてるものと推測されるんだけど……？」

「魔の山に立ち入ってはならない」

さらに薬師協会長さんが言う。

「それがこの街に古くから伝わる掟《おきて》だ。絶対に破ってはいけない。魔の山の頂上には恐るべき怪物が住み着き、怒らせれば街そのものが滅ぼされるかもわからんのだ。だからこそ近づいてはいけない」

「そんな危険を放置することこそなんてありえないんじゃない？　もし魔の山の強豪モンスター生息区域が広がって、街にまで迫ってきたらどうするの？」

「その心配はない。魔の山のモンスターはナワバリを崩さない。自分たちのいるべき場所を守って、その外へは絶対に出てこない」

「どうしてそんな断言できるのよ……？」

薬師協会長さんとリザベータさんの問答が、なんだか剣呑《けんのん》な空気を醸し出しつつある。

「リザベータさんといったね。謎があれば解き明かしたくなる、困難があるほど立ち向かいたくなる。そんな冒険者の心理は理解できるつもりだ。しかし世界には決して触れてはいけない聖域と言うべきものが存在することも知るべきだ」

薬師協会長さんの真剣な口調にリザベータさんすら気《け》圧《お》されるほどだ。

「その点エピクくんは非常に優秀な冒険者だ。彼は優れた能力で魔の森の最奥まで行っても、けっしてそのまま魔の山まで立ち入ろうとしない。この土地の取り決めをきっちり守ってくれる」

「わかったわかったわよ。これ以上魔の山については調べないし、実際立ち入ることもしない。それでいい？」

「それがただの口約束でなければね。……エピクくん、もし彼女が魔の山に立ち入ろうとしたら足でも腕でも消してかまわん。必ず止めてくれたまえ」

真顔で凄まじいことを指示してくる薬師協会長さん。

「魔の山への侵入を防ぐためなら殺人も許されるんだよ。この街ではね」

むしろ僕の方がビビッた。

僕も『魔の山に入ってはいけない』ということは冒険者になりたての頃に強く言われた。

それを守ったのはただ単に僕の気が小さいからであり、ここまで切迫したものだなんて想像もしていなかった。

「まあそれでも、この街にはエピクくんという興味津々の対象があるから、しばらく居座るけどね。いいバカンスの滞在地が見つかってよかったわ」

「よくないです！　冒険者ならとっとと冒険してまだ見ぬ世界へ旅立ってください！　新しい謎がアナタを待ってますよ!!」

「素敵な謎はここにあるのよ」

　そこで何故か全力で拒否するスェル。

　どうしてそんなにまで頑なになるのか？

「なんなら私も薬草採取に協力しましょうか？　さすがにエピクくん一人だけじゃ足りないでしょうし」

「残念でしたー！　薬草はエピクさんがいつも充分採ってきてくれるんで足りてますぅー！」

「そこも謎なのよね。普通一都市が消費する薬草は新人冒険者が何十人とクエストこなして溜《た》めてくるものなんだけど。それをエピクくん一人でこなしてるの？　怪物じゃない？」

　ずっとそれだけしかしてないんで慣れてるってことですよ。

✚〔三章〕ギルド崩壊

なんか色々あったけれども気を取り直して。

いつもと変わらぬ仕事の日々を過ごしますよ。

そう、薬草採取だ！

「頑張りましょうね！　薬草摘みを!!」

そして今日は同行者がいる。

スェル。

薬師協会所属の女の子だった。

「祝！　外出禁止令解除！」

かつて冒険者ギルドから薬草採取クエスト全撤廃された直後、何とか薬作りを継続するために直接森の中に入る猛者がいた。

それがスェル。

案の定モンスターに襲われて生命の危機にあったがそこへ偶然通りかかった僕が助けた。

それが運命の出会いだったなあ。

そこから薬師協会さんとの繋《つな》がりができて、薬草採取で報酬が貰《もら》える状況が続くようになった。

彼女との出会いが運を切り拓《ひら》いたように思える。

そんな彼女と今日は一緒に薬草採取です。

「本当に大丈夫、森は危険だよ？」

魔の森は戦う術を持たない普通の人には厳しい。

出会った時だって、モンスターのお腹《なか》に入る五秒前みたいなスェルだったものな。

「そこは大丈夫ですよ！　エピクさんが守ってくれますので！」

全面的に僕頼みなのか。

「お父さんもエピクさんと一緒なら大丈夫だって言ってくれましたし。そもそもエピクさんと一緒じゃないと森に入る理由が果たせませんしね」

そうだった。

わざわざ彼女が危険を押して森に入るのは、他でもない僕のフォローのため。

薬材として使われるモンスター素材のことをきっちり俺の頭に叩《たた》き込《こ》もうと実地の指導を行ってくれるそうだ。

「こないだ薬師協会本部でやったので充分じゃないの？」

「あれはエピクさんが無作為に運び込んだモンスター素材だけでしたからね。薬にすることができるものはもっとたくさんあるんですよ。薬調合の世界は深くて広いんです」

そこで今回は、実際に森の中に入ってまだ僕の知らない素材がどんなモンスターのどの部分にあるか教えてくれるんだって。

実践教育ですよ。

「ズドットさんからも頼まれていますから、どんどん狩っていきましょうね!!」

「どんどん薬草採取から遠ざかっていく気がする……!?」

まあ、見返りとばかりにズドットさんから贈られた軽装鎧《よろい》はたしかにいい感じだけれども。

マジョロウグモの薄甲殻を素材に作られた冒険用装備。

つい先日完成して、今日の薬草採取から装着していくことにした。

製作者本人が自慢する通り、丈夫なくせに薄くて軽いモンスター素材で作られているためか柔らかく、鎧というよりジャケットというような風情だった。

普通に袖を通して着たし、柔らかくて動きやすいわ、通気性があって蒸れにくいわ、あっちこっちにたくさんポケットがあるわで凄《すご》く着心地がいい。

こないだまで着ていた、あちこち擦り切れて縫い目も緩みバラバラになる寸前の古着と比べたら、なんと動きやすいことか。

古くて壊れかけた衣服ってあれでけっこう着る人の動きを阻害するんだな。

やっぱり冒険を効率よく行うためにも、着ていく衣服にまで気を配らないといけないんだなと思った。

できるだけ新しくていいものでなければ。

「色々心機一転で、楽しい薬草採取ライフを拡充していこう！」

「おおー！」

「そこで、まず最初の獲物だけれど……」

アイツでいいかな？

ちょうど目の前に、明らかに尋常ではない生物がうずくまっているんですが。

俺の知っているどの生物とも当てはまらないんだが、あえて知識と照らし合わせるんなら馬だな。

ベースは馬。

しかも目が覚めるほど真っ白な毛並みで、降り注ぐ陽光をそのまま反射して眩《まぶ》しいほどだ。

そこまでならうっとりするほど美しい名馬で済むんだろうが、その馬の背から翼が生えている。

翼のある馬。

ってことはやっぱりただの馬じゃないんだろうな……。

「エピクさん！　これペガサス！　ペガサスですよ!!」

「屁《へ》が刺す？」

それは一体どういう状況なんだろう？

僕にはまったく情報がないので、ここはスェルの解説に聞き入るしかない。

「ペガサスは聖獣の一種です！　ありがたくておめでたいんですよ!!」

「せいじゅう？」

「もしかして知らないんですか聖獣を!?」

すみません存じません……。

でもそんなに睨《にら》みつけられることなんですか？

「聖獣は、本来この世のものではない特別な生命です。でもモンスターともまったく別物で、存在のあり方は極めて神聖なるものなんです!!」

そうかぁ、なるほど。

「たくさんの人から崇《あが》められて、教会からも信仰対象として認められているんです。エピクさん、あれ討伐なんかしたら絶対ダメですからね!?　世界中の信心深い人を敵に回しますよ!?」

そんなに大層なモノだったとは。

気軽に『狩ろう』なんて言ってごめんなさい、すべては無知のなせるがゆえなんです。

なんまいだぶ、なんまいだぶ……!!

「あ、でももう手遅れかもしれない」

「なんでです？」

「あのペガサス怪《け》我《が》している」

ホラよく見て御覧？

脚をたたんで地面にうずくまってる有翼馬、その腹部からどばどば血が流れ出ているではありませんか。

けっこうな出血量。

あれ命に係《かか》わるんではないか？

「エピクさんなんてことをしたんですか!?　絶対攻撃しちゃダメって言ったじゃないですか!?」

「なんで迷いなく僕の犯行って決めつけるの!?」

僕が気づいた時には既にああなっていた。

恐らく怪我は最初からだ。

どこかで負傷し、耐えきれなくなってここに緊急着陸したんじゃないか？

それなら普段まったく見かけないこの森でペガサス様がご降臨あそばせた理由にもなる。

『……煩いな人間どもは』

「ひぃッ!?」「何この声!?」

見たところ僕らとペガサス以外に誰もいなさそうだが。

するとこの声はペガサス!?

馬がシャベッタ!?

『喋《しゃべ》って何が悪い？　聖神秘の極み、貴様ら人間など遥《はる》かに超越するこの聖獣ペガサスが、人語程度も使いこなせんと思ったか？』

めっちゃ偉そうこの馬!?

でも怪我のせいか、声に張りがなく弱々しい？

『それゆえに、このような無様な姿を見咎《みとが》められるのは不甲斐《ふがい》ない。我が主の命を遂行する中不覚にも傷を負い、ここまで戻ってきたはいいが、ついに力も尽きたようだ。聖獣ペガサスももはやこれまでか……!?』

「そんなッ!?」

スェルがいそいそと駆け寄る。

「諦めちゃダメです！　私は薬師です！　怪我を治す薬ならたくさん……！」

『心優しき少女よ、気持ちは嬉《うれ》しいがこの傷は人間程度ではどうにもならぬのだ。よく見てみるがいい』

促されてペガサスのお腹の傷を凝視。

するとちょうど出血の水源となっている部分に、何か突き刺さっているのが見えた。

尖《とが》っている真っ黒な鉱物のようなものだ。

黒曜石？

何やら禍々《まがまが》しい気配を放っている。

『コレは呪いの産物だ。ひとたび突き刺されればけっして抜けることなく、生命力を吸い取り続ける。刺さった相手が死ぬまでな。この私ですらどうにもできないモノを人間に処理できるとは到底思えぬ……』

「ちょっとよく見せて」

ここで動く僕。

こういう時こそ僕の出番だと思った。抜いてダメなら消してみろ、だ。

「気を付けてエピクさん！　ペガサスさんは処女以外寄せ付けないと言いますからエピクさんが近づくと蹴られるかも！」

『それはユニコーンだ!!　あんな変態馬と一緒にするな!!』

ペガサスさん今日一番の怒号。

じゃあ僕が触れても安心ということでしゃがみ込み患部を凝視する。

……うん、行けるか。

『どうする気だ？　力任せに抜くつもりならやめてくれ。そうされると激痛が走るのだ』

「『消滅』」

『はあああああッッ!?』

よし、上手《うま》いこと刺さってる黒い鋼片だけ消せた。

多分できるとは思っていたけれど、やっぱり僕の『消滅』スキルに消せないものはないんだなあ。

『よ、依《よ》り代《しろ》どころか呪い自体まで綺麗《きれい》に消えている。物質概念双方を完膚なきまでに消し去るスキルを人間が持ちうるのか!?　いや……!?』

危機の元凶を消し去って、最悪は除《よ》けたと思《おぼ》しきこの状況。

ペガサスさんは、その長い馬面を左右に振って、僕とスェルを交互に見る。

『……そういうことか、因果は確実に回っているのだな』

「そ、それより治療を始めないと！　刺さったモノが抜けても怪我はまだあるんですから、治療しないとダメです！」

『ありがたいが、先にも言ったように人に効く程度の治療薬では聖獣たる私には効かぬ。だが……そうだな……！』

　ペガサス、先ほどまでに比べれば明らかに楽そうだ。

　それでも開いた傷の大きさを考えればまだまだ安心できない。

『優しいお嬢さん、アナタが薬師だというなら今から言う材料を調合してほしい。聖獣にも効き目のある強力な薬だ。アナタほどの才能があればきっと成功することだろう』

　やっぱりコイツも変態馬なんじゃないだろうか？

『材料はすべてこの森に揃《そろ》っている。すみやかにそれらを集めて私のための治療薬を調合してほしい』

「わかりました、何を集めればいいんですか？」

『アナタの脳内に直接送ろう、私と額を合わせてくれないか』

　スェルは素直に従い、ペガサスと額を合わせる。

　めっちゃ近い。

　やっぱ変態だろあの馬。

双方の額の隙間が青白く光っている。あれで記憶のやりとりをしているのか。

「……わかりました！　全部どこにあるか把握できます！　すぐに戻ってこれそうですエピクさんの協力があれば！」

僕の協力がいるのね。

『少年、彼女に同行し素材集めを手伝うがいい。もしもの際は命を捨てて彼女を守るのだぞ』

変態馬。

「でも、そうなったらここにペガサスさん一人だけになってしまうんじゃ？　大丈夫です？」

『聖獣ペガサスを舐《な》めるでない。傷を負っていようとここらあたりの魔物なら一睨みで追い散らせる』

さすがの聖獣、圧倒的な自信。

それでは一人寂しいだろうけどペガサスをこの場に残し、僕らは聖獣用治療薬になるという素材の収集に向かうのだった。

◆

「しかし妙な話になってしまったな。元々は薬師協会に納める素材集めの目的だったのに……」

「仕方ありません！　聖獣様が困っているのを見つけたら助けてあげるが世の定めです！」

「そうなの……!?」

聖獣は信仰の対象などと言われていたけど、それだけ人から愛されてるんだなあ。

「それで僕たちは何を集めればいいの、あの馬のために」

「ペガサス様が教えてくれた治療薬の材料は大きく三種類ですね。それさえ揃えばあとは手持ちの素材でなんとかなります」

その主原料とは……。

ブラックラッカーマンバの生き血。

ハクドクツルダケの胞子。

トウセンゴケ。

「……ですね」

「……」

なんか字面だけでもおどろおどろしさが伝わってくるんですが。

こんなので本当に聖獣専用の治療薬が作れるの？

「聖獣は人間よりも遥かに高等な生物ですから通常では効かないんですよ。ずっと効果の強いものでないと。人間にとっては毒か劇薬となるぐらいに」

「おどろおどろしくなるのも仕方がないと……!?」

「あ、早速一つ目が見つかりました。ブラックラッカーマンバです」

いる……!!

目の前にヘビが……!!

真っ黒な体で鎌首を上げて、遭遇した僕らのことをおもっくそ威嚇している。

シャーとか言って開けた口の中まで黒い。怖い。

「ブラックラッカーマンバの毒はモンスターの中でも最強クラスと言われています。人が噛《か》まれたら三秒以内に死ぬので絶対噛まれないでくださいね」

「近づかないという選択肢は？」

「そんな毒を体内に溜《た》めておくからこそ、その生き血には強靭《きょうじん》な生命力が宿っています。聖獣の活力を復活させる栄養源になるはずです」

「そんな生き血を人間が飲んだら？」

「効果がありすぎて鼻血どころか耳や目からも血が噴出するでしょうね」

怖いマジ怖い。

そんな毒蛇に接近するだけで命がけじゃないか。スェルを危険にさらすわけにはいかないから、必然僕が近づかないといけないんだけど。

何であんな変態馬のために僕が命かけないといけないの？

「仕留める時は気を付けてください！　毒が血に交じったら使えなくなってしまうので！」

簡単に言ってくれるなあ。

僕は『消滅刃』でヘビの喉笛を斬り裂く。元来透明で色も匂いもない『消滅空間』を察知するのはどんな生物でも至難の業だ。

僕がこれまで消してきたすべてのモンスターと同じように、死神のごとき黒毒蛇も自分の死の瞬間すらそれのことを察知できなかった。

あまり深く斬り込まなかった。体のどこかにある毒腺を傷つけたら大変なので。

そこからあの蛇の血を搾り出さないといけないんだがここで試したいことがあった。

『消滅』スキルの新たな応用法だ。

『消滅』スキルが発動する時『ボシュッ』という音が鳴るが、『消滅空間』内で空気も含めたすべてが消滅し、一瞬だけ真空が生まれる、その真空へ向かって周囲の空気が流れていく音だ。

『消滅』の副次効果としての真空からの空気の流れ、その方向性を上手く調節して何かに利用できないかと考えた結果……。

「空気『消滅』」

首に斬り口を入れられた毒蛇の前方に『消滅空間』＝真空空間を作る。気圧を保とうという作用に吸い寄せられるのは空気だけではない。

その空気に近い液体までも。

蛇の体内に詰まった血液が、傷口からポンプで吸うように噴出する！

「スェル！　今！」

「はいぃいい!!」

すかさず開けた革袋の中に上手いこと飛び込んでくる血液。

悪夢のモンスター毒蛇は、元々首の傷が致命傷だったのに加えて一瞬で全血液を抜かれたことでの失血死となった。

これで一つ目の素材は確保。

次に行こう。

◆

「ハクドクツルダケはモンスターじゃないです。でも大抵ダンジョンに生えてる即死級の猛毒を持ったキノコです」

また物騒なのが出てきた。

しかしそんな危ういものも魔の森に生えているのか。僕の街の近くの危険スポットは本当に途轍《とてつ》もないところなんじゃない？

「時期になると胞子を飛ばして繁殖しようとするんですがその中に毒が含まれていて、周囲にいる生き物を全滅させるそうです」

「また危ない」

「その成分が聖獣にはよく効くんだとか」

そこはもういいよ。

本来であれば宙に舞っている毒胞子を採取するなんて、そのまま吸い込みかねない自殺行為なんだが。

『消滅』スキルで真空空間を作り、その中に胞子を集めることでまた安全に採取することができた。

最後のトウセンゴケとやらはサイ型のモンスター、トウセンサイの表皮に生える苔《こけ》。

毒はなくやっと安全に採取できるのかと思ったが、宿主となっているトウセンサイは鼻先に鋭い角、鎧のような皮膚に巨体と超パワーを備えた紛れもない強豪モンスター。

迂闊《うかつ》に近づいたら突進されて刺し貫かれて即死。

さらに厄介なことに宿主のトウセンサイと寄生者のトウセンゴケはまだ解明できていない特別な繋がりを持っていて、サイが死んだ途端コケも一斉に枯れてしまうという。

トウセンゴケを採取するには宿主のサイを生かしたまま。

マジかよ、と思った。

どうしたもんかと思ったが、『消滅』スキルによる真空操作がまた役に立って、サイの周りの空気を奪い、酸欠させることで失神。意識を失っている間にいそいそ苔を削《そ》ぎ取《と》って撤収した。

いや『消滅』スキルを介した真空操作、超使える。

応用範囲がバカ広い。

今までなんでも消すしかできないと思っていた『消滅』スキルで、相手に傷一つ付けないまま目標達成できる日が来るなんて思いもしなかった……！

「で、あとは集めた素材を順番にペガサスにぶっかけるだけ？」

「バラバラじゃダメですよ。薬は適切な分量調合し、処理を加えて初めて効能を得るんですから」

ぶっかけるところは否定しないのか。

「調合するのはいいにしてもこんな森の中でできるの？　専用の器具とかいるんじゃない？　一回街に帰る？」

「難しいものなら帰らないとですが、幸いそこまで複雑な工程はいらないのでこの場で大丈夫です。最低限の道具さえあれば、あとはスキルでなんとかなります」

薬師の職系スキルね。

冒険者以外にも様々なスキルがあって生活の役に立っている。

スェルも薬師協会長の娘なんだからきっと豊かな才能を生まれ持ったんだろうなあ。

『消滅』スキルにすべてのリソースを喰《く》われた僕にとっては羨ましい。

「実は私、薬師系のスキルは全然使えないんですよ」

「え？　そうなの？」

「本当ダメですよねぇ、お父さんが協会長なのに。これじゃ格好つかないから何とかして役に立とうと思って。薬草が届かなくなった時も先走って一人で森の中に入って。却《かえ》って迷惑ばかりなんですけど……」

自嘲気味に言うスェル。

彼女も苦労を抱えているんだな。しかし才能に恵まれずともひた向きに頑張っているのは凄いことだ。

今だってスキルもないのにそうして調合を進めて……。

……。

え？

じゃあどうやって調合してるの？

ましてこんな器具も揃ってない野外で？

「完成しました！」

「そして成功させているし!?」

出来ました、聖獣専用治療薬！

これであの変態馬もよくなると可及的速やかに戻ってきたところ、既に新たなトラブルが発生していた。

◆

ペガサスを取り囲む一団があった。

むくつけき男ばかりが四、五人。抜き身の武器など突きつけているので明らかに穏やかな雰囲気じゃない。

「囲め囲め！　全方位から刺激して注意を散らせ！」

「相手は手負いだぞ！　体力はすぐに尽きる！」

「見たことないモンスターだぞ！　きっと仕留めりゃ大金だ!!」

身なりからして冒険者かと思ったが、考えてみれば考えるまでもない。

ここ魔の森に出入りする人は大抵が冒険者だ。そして冒険者の仕事はモンスターを狩ること。

つまり……。

討伐しようとしている!?

ペガサスを！　聖獣を!?

何しようとしてるんだあの人ら!?

いや僕もファーストコンタクトで同じことしようとしたけれど。しかし思っただけなのと実際に遂行しようとではギルティさにかなり差がある!?

「ねえスェル、あれ大丈夫なのかな!?」

「全然大丈夫じゃない方ですよ！　聖獣を討伐しようなんて、なんて罰当たりな!!」

念のため確認してもギルティであることは揺るぎない。

「くそッ！　やめろ！」

僕は包囲網に飛び込み、ペガサスを庇《かば》うように立ち塞がった。

『ぬッ、お前は……？』

「今すぐ武器を引いてください！　このペガサスは聖獣です、モンスターじゃありません!!」

対峙《たいじ》する冒険者の集団へ呼びかける。

正面から睨み合ったら、どれも見覚えのある顔だとわかった。間違いない街のギルドの冒険者たちだ。

「ああ、なんだ？」

「追い出された底辺クズじゃねえか？」

「F級解雇野郎がこんなところで何してる……？」

向こうもまた気づいたようだ。

しかしまだ武器は下ろされず、臨戦体勢は途切れない。

「クズ野郎の分際でオレのクエストを邪魔しようとはいい度胸だな……！」

冒険者パーティの中から一際苛立《いらだ》ちの濃い声が上がる。

これも聞き覚えのあるものだった。

D級冒険者のガツィーブ!?

「ギルドを追い出されたテメエがなんで、ここに出てくるのか。どうでもいいぜ。超上級冒険者のオレにとっちゃクズのお前の存在自体どうでもいいんだ。だがな、オレの栄光への一本道を邪魔するってんならたとえクズでも叩き潰すぜ！　跡形も残さずになッッ!!」

喉が裂けそうな怒号に、そこはかとない忘我を感じさせる。

こんなに余裕のない人だったろうか。常に人を見下すような態度ではあったが、そういう振る舞いだからこそ強者の風格のようなものがあった。

それが今は一切なくなっている。

「どきません、ペガサスはモンスターじゃありません、聖獣です。コイツを狩ったところでギルドは素材買い取りしてくれませんよ」

「あぁ!?　何言ってやがる羽の生えた馬なんてモンスターそのものだろうがッ!!」

すぐ声を荒らげる。

目も血走っているし、やはり普通の状態じゃないな。

僕が去ってから冒険者ギルドで何があったって言うんだ？

『どくがいい少年。この程度の塵芥《じんかい》、聖獣の名に懸けて蹴散らしてくれよう』

「怪我馬は無理しないで！」

まだ出血止まってないんだし！

素直にスェルの作ったお薬飲んで回復して！　いやアレ塗り薬!?

「アナタたちは聖獣を聞いたことがないんですか？」

そう問いかけただけで包囲するパーティのうち何人かに反応があった。

よかった、さすがに知ってたか。

「聖獣は知性があって人間より高等で、信仰される存在だそうです。そんな聖獣をモンスター扱いして殺したらどうなるかわからないんですか？　報酬どころか逆に罪に問われますよ？」

まあ数時間前まで僕自身もわかっていなかったことの受け売りなんだけど。

しかし事実をありのままに説明しただけで効果はてきめんにもなる。

彼らの抜き放った剣の切っ先が、迷いにブレ始めた。

「おいこれ……ヤバいんじゃねえか……？」

「母ちゃんが言ってたよ……聖獣は神様の使いなんだって。殺したら罰が下るんだって……!?」

「天罰がないとしても教会が間違いなく騒ぐぞ！　あのクソマスターは教会と揉《も》めるぐらいならオレたちのことなんか簡単に切り捨てる！」

しかしここで皆が怖気《おじけ》づいてくれるなら無事切り抜けられて万々歳だけれども。

「何ビビッてんだテメエら……!?」

一人どうしようもないヤツがいた。

D級冒険者ガツィーブは、このパーティを率いているリーダーでもある。彼が翻意してくれないとこの集団全員翻りそうにないんだがなあ……!?

「聖獣？　いいじゃねえか、要するに珍しいケモノってことだろ？　だったらこのオレに狩られる資格は充分にあるってことだ！　しかもその馬手負いじゃねえか、千載一遇のチャンスを逃すなんざ一流冒険者のすることじゃねえ!!」

何言ってんのこの人？

「そこまで上等なヤツなら、今まで狩った冒険者は一人もいないんだろうぜ！　じゃあオレが最初の一人目ってことだ！　聖獣を狩った男としてオレは冒険者の歴史に名を残すぜ!!」

残るのは悪名ですけれども？

ダメだこの人、思考が破綻している。

何が起こってこんなに前後の見えない人になってしまったんだ。

「テメエらも怖気づいてんじゃねえ！　誰のお陰でお前ら今までデカい顔ができたんだ!?　このままオレが落ちぶれていけばお前らだって一緒に落ちてくんだぜ!!」

だらりと下がった剣やこん棒が、再び獲物へ向けられる。

せっかく怯《ひる》んだのにまた一触即発だ。

「オレは最強だ……！　オレは伝説だ……！　その他大勢じゃねえ、蝙蝠《こうもり》じゃねえ……！」

よく見たらガツィーブ、いつもこれ見よがしに着けていた派手な鎧はどうした？

地味で安っぽい量産品の革鎧に……剣まで以前と違う？

「さあクズ野郎、死にたくなかったらそこをどきな。オレは本来の自分を取り戻す手柄が必要なんだ。お前みたいなクズに付き合ってる暇なんてないんだよ……!!」

「だからアナタが手に掛けようとしてるのは手柄首じゃなくて犯罪の証《あかし》なんですがね」

「オレはなあ！　選ばれた人間なんだ！　選ばれなきゃいけねえんだ！　そのためにも大手柄を挙げてあのクソ女を見返さなきゃなんねえんだよ!!」

ダメだまったく会話が通じない。

「大体何なんだテメエこそ！　テメエはギルドをクビになったんだろF級冒険者!?　役立たずの底辺がしゃしゃり出てんじゃねえよ！　ここは冒険者の活動フィールド！　男の戦場だぜ!!」

「エピクさんは役立たずなんかじゃありません!!」

すかさず反論の声。

振り向けばスェルが、両手を固く握りしめていた。

「エピクさんは優秀で強くて、いつも皆を助けています！　アナタなんかに悪く言う資格なんかありません！」

「ああ？　なんだ女ごときが！　冒険者は男の世界だ口出しするんじゃねえ!!」

「その冒険者もしっかり務まっていない人に言ってるんです！　クエストもこなさず罪もない聖獣を殺害しようとするアナタたちなんてただの強盗です!!」

「ぐわぁああああッッ!?」

包み隠さぬ率直な正論がガツィーブを貫く！

「それに比べればエピクさんは毎日薬草を摘んで、私たちに届けてくれます！　それを材料に作った薬が色んな人の助けになってるんです！　人の役に立っている人を、何の役にも立っていない人がバカにしないでください!!」

　正論でバッコバッコ殴るの素敵だけど怖ぃ。

　相手が逆ギレして手が付けられなくなるのを想像して言ってるのかな。

「このクソ娘……！　女は、女はどいつもこいつも……!!」

　ほらキレた。

「女は男の奴隷なんだよ!!　口答えなんかしてんじゃねえ！　生意気に男の世界にしゃしゃり出てくるんじゃねえ!!　叩き潰してやる！　お前もあの女も！　調教して屈服させてやるぅうううッッ!!」

　剣を振り上げるガツィーブ。

　本当に前後を失っていた。このままでは血を見ることになる。

　……ので。

　僕は割って入り『消滅』スキルを発動させた。ガツィーブが振り下ろす剣を『消滅空間』の中に飲み込むと、鍔《つば》から上が破片も残さず消滅した。

「はひッ!?　はひぇえええええッッ!?」

　持ち手だけとなった剣を涙ながらに凝視するガツィーブ。

「オレの剣が!?　貯金をはたいて買った替えの剣がぁあああああッッ!?　どうして!?　武器がなき

MFブックス　4月25日 発売

家族のために「油断はできない」と
頑張るスローライフファンタジー!

強制的にスローライフ!? 1

著者●てぃる　イラスト●でんきちひさな

B6・ソフトカバー

子爵家の次男に転生したジルベールは、ここが前世でプレイしたゲームの続きの世界だと気づく。彼は家族を守るための力を手に入れたいと考え、ぽよぽよの子供ボディだが周りに愛されながら、様々な事を試していく!

毎月25日発売!!

無自覚に無敵。

薬草採取しかできない少年、最強スキル『消滅』で成り上がる 1

著者●岡沢六十四　イラスト●シソ

B6・ソフトカバー

F級冒険者のエピクは実力不足を理由にギルドを追放されてしまったが、路頭に迷う中で薬草摘みの少女スェルと出会う。エピクが隠してきた「どんなモノでも消滅できる」スキルで、二人の新しい人生の幕が上がる——。

や冒険者やれねぇえええええッ!?」

「が、ガツィーブくん!?」

「お前らやっちまえ！　こうなったらクズも女も獲物と一緒にボコしちまえ！　聖獣を殺した報酬で新しい武器を買うんだぁああああッッ!?」

丸腰のガツィーブは、仲間をけしかけ報復を成そうとしていた。

『それはもはや叶《かな》わん』

神聖さに満ちた、力強い声。

振り向けば翼ある駿馬《しゅんめ》が、純白の馬身を震わせ立ち上がっていた。

「あ、ペガサスさん」

『気高き乙女の慈悲によって我、快復せん。手間をかけさせたな、私さえ調子を取り戻せばこの程度のザコなど露《つゆ》にもならん』

血を流していた腹部は、傷がまるで幻であったかのように綺麗に塞がっていた。

スェルはもう治療薬を使用してペガサスの怪我を治し終えていたのか。

だから手が空いてガツィーブのことを思い切り罵倒できたんだもんな。

『さて……、この聖獣を狩らんとする賊どもよ。その大胆さに免じて正面から挑戦を受けようではないか。この天駆ける駿馬ペガサスを倒してみよ』

「あわわわわわ……!?」

『もっとも立ち向かった瞬間お前たちは知るだろうがな。聖なる野生に触れることは天地の怒りに晒《さら》されるに等しいと』

「「「ひぃえああああああッッ!?」」」

一方的に蹂躙《じゅうりん》されていく冒険者たちを眺めて、僕は思った。

ここに来てまだ今日分の薬草摘み終わってないよ、と……!

◆【ギルドマスター視点】◆

ギルドマスターのギズドーンは、突然の揺れに昼寝から目を覚ました。

「なんじゃあッ!?　何事じゃあッ!?」

ギルドの建物全体を揺るがすほどの震動。

地震か何かと思いギルドマスター専用の執務室から飛び出す。

するとギルド内にはもう誰もいない。

もしこれが地震だとすれば、もう皆外へ避難したということなのだろうか。

「このギルドマスターを置き去りにして逃げたのか!?　けしからん!!」

文句を言いながらも一人廊下を駆け抜け、自身も屋外へと飛び出る。

そこで信じられないものを見た。

「ま、眩しい!?　白い!?　えッ!?」

天に浮かぶ純白の光。

太陽とはまた違う気高さで地上を照らす天上の灯火《ともしび》は、形ある獣の姿を取っていた。

大きく広げられた翼の中心に奮い立つ逞《たくま》しい馬体。

純白の毛に包まれた姿はたしかに太陽のように眩しかった。

「あれはまさか……、聖獣ペガサス……!?」

さすがにギルドマスターを務めるまでになった彼は、一目見てペガサスに気づきえるだけの知識は持ち合わせていた。

しかし何故《なぜ》ここに聖獣が。

「聖獣……聖獣様だ……!?」

「ありがたや、ありがたや……!?」

気づけばギルド職員たちも残らず外に出て拝んだり祈りを捧《ささ》げたりしている。

ギルド内に誰もいなかったのはそのためだったか。

「……そうか!?　オレ様のギルドマスターとしての有能さを、聖獣が讃《たた》えに来たのか!?」

時折そういう話を耳にする、時の聖人偉人の下に聖獣が現れ、祝福をもたらしていくと。

ならば自分が聖獣に選ばれるのは当然のことだとギルドマスターは理解した。

むしろ遅いくらいだが、自分に対してあるべき出来事に心から胸躍る。

「おお！　よくぞ我が下にやってきた聖獣よ！　お前からの祝福を喜んで受けようぞ！」

『我が怒りに触れし愚か者どもよ』

しかし天から降り注ぐペガサスの声は刺々《とげとげ》しかった。

すぐさま浮かれていた衆生《しゅじょう》の心が冷たく凍る。

『我は聖獣ペガサス……艶福にして妖しき女神に忠誠を誓う愛馬なり。こたびは我に敵対せし凶人どもを罰するためにやってきた』

「てきた……ッ!?」

その言葉に地上がざわめく。

「聖獣と敵対!?　聖獣を襲ったということか!?」

「誰がそんなバカなことを!?」

「恐れ多い……！　ソイツは世の道理を知らんのか……!?」

混乱が広がる中、ペガサスは意に介さず宣告を進める。

『この罪人はお前たちの所属だろう、返しておくぞ』

そう言ってペガサス、みずからの背に乗せていたものを咥《くわ》え地上に向けて投げ放つ。

「うわわわわーッ!?」

それを見上げた者たちは大混乱。

ある者は怪我を嫌って避け退き、またある者は受け止めようと進み出る。

重力に引かれドサッと地面に激突したのは、人の形をしていた。

「だ、誰だコレは!?」

「ガツィーブ!?　D級冒険者のガツィーブじゃないか!?」

「こないだA級冒険者にケンカ売ってボコボコにされた!?」

ギルドマスター始め、関係者一同の顔が青くなった。

ペガサスは『自分に敵対した者』と呼んでいたから。

『森で私が休んでいたところに襲い掛かってきた。私を殺し、その死体を持っていけばこの施設が高く買い取るそうだな』

「バカなッッ!!」

ギルドマスターの口から心臓が飛び出そうなほどの大声。

「違うのだ聖獣よ!!　これは間違いだ!　このバカが勝手に勘違いして……!　こんなバカなど無関係だ!　オレ様はまったく知らんぞ!!」

『言い逃れとは見苦しい。非を認め、一心に頭を下げて謝罪すれば水に流せたかもしれんのにな』

「へぇッ!?」

『個人の罪は集団に帰する、それがお前たち人間のしきたりであることは既知している。我ら聖獣を舐めるでないぞ。その愚か者に理《ことわり》を教え込まなかった組織の罪。これを監督責任と言うのだろう!?』

地上から見たペガサスは、一旦その体を小さくする。

それはより天高くへと上昇し、地上との距離が開けたからであった。

『同胞として連座に服せ！　この聖獣に歯向かいし冒険者ギルドとやら!!』

充分な助走距離をつけて下降するペガサス。

その勢いは流星のごとしであった。

「はわわわぁあああ――――ッッ!!」

その勢いのままに地上へ激突すれば甚大な被害は免れない。

地面が抉《えぐ》れ、クレーターができてしまうかもわからなかった。

もちろんその場にいる人間たちは一人残らず原型も残すまい。

「ぎゃひひひぃ――――ッッ!?」

全員が死を覚悟した瞬間、流星は軌道を変えカーブを描き、再び上昇する。

地上への被害は免れたが、軌道上にあったギルド建物に直撃し貫通。その一部が弾《はじ》け飛《と》んだ。

「はぎゃぁああッ!?　オレ様の城がぁあああッッ!?」

『本来なら敵対者一人残らず蹴り殺してやるところだが、慈悲だ。貴様らの根城の破壊だけで済ませてやる』

ペガサスは再び上空へと戻り悠然としていた。

建物を半壊させた衝撃はペガサスの側に掠《かす》り傷《きず》一つの名残もない。

『それは恩返しのためだ。昨今私はある人間によって生命の危機を救われた。その大恩ある相手が望んだゆえ、苛烈なる復讐《ふくしゅう》を控えてやっているのだ。貴様らもその者らに感謝することだな』

ペガサス、もはや用は終わったとばかりに翼をはためかせ離れていく。

『その者たちの名はスェル、それにエピク！　貴様らもその名を忘れず永久に感謝し続けるがいい！　その者らの懇願によって自分たちの命があるのだとな!!』

そうしてペガサスは去っていった。

あとには呆然《ぼうぜん》と立ち尽くす人間たちと、半壊したギルド建物に散らばる瓦礫《がれき》だけが残された。

◆

ペガサスが破壊したギルド建物の被害程度は、思ったほど広くはなかった。

建物上部を削るように打ち砕かれたため、本体倒壊の恐れもなく、被害部分を修復しつつだましだまし使っていけば数年もつかと思われる。

ただ直接被害に遭った部分はメチャクチャとなり、もはや使用不可能であった。

その部分は、ギルドマスター専用の執務室。

「バカな……!?　バカな……!?」

見る影もない自分の部屋を目の当たりにし、呼吸も忘れて硬直するギルドマスター。

みずからにとってもっとも快適な環境にするため、金にあかせて集めた調度品も、ふかふかのソファもオーク製の執務机も木《こ》っ端《ぱ》みじん、あるいは瓦礫に埋もれて無惨となっていた。

「オレ様のコレクションが……!? オレ様の空間が……!?」

こんなことになったのは誰のせいだ。

人間なら誰もが知っていて当たり前の聖獣。

その聖獣に敬意も払わず、ましてモンスターと同様の扱いをして討伐しようとしたバカ者。

その大バカ者が今、ギルドマスターの眼下で意識を取り戻している。

「ガツィーブ……貴様よくも……!」

「待って……聞いてくれマスター……。オレは手柄を上げようと……!?」

「手柄を上げようとしてなんで聖獣と敵対するんじゃ!? お前はバカか!? 頭に脳みそじゃなくて馬《ば》糞《ふん》が詰まっておるのか!? 愚か! 愚鈍! クソ虫! 生きている価値のない大たわけ! バカ! アホ! マヌケ! 最低無能のクソ弱者! お前など死んだ方がマシじゃったわ! 何で生きておるぅ!?」

思いつく限りの罵倒を浴びせられるガツィーブ。

元々プライドの高い男なので悪《あ》しざまに罵られれば、率直に腸《はらわた》が煮えくり返る。

できることなら今すぐにでも殴り飛ばしたいところだが、それをするには相手が権力を持ちすぎているとは彼にも理解できた。

「……ガツィーブ、お前をＦ級に降格させる」

「はぁッ!?　なんでだよ!?　オレはこのギルドで最高のD級冒険者だぞ!?」

「そのD級に相応《ふさわ》しくないということを、あのA級娘に惨敗した時点で気づけばよかったわ。聖獣に憎まれたお前をこのまま置いておいて、また巻き添えでも食えば最悪じゃ。そうじゃ降格など生ぬるい、お前もクビにしてやるからギルドから出ていけ!!」

ただでさえズタズタのプライドが、粉々に砕け散る。

F級で追放など、あの底辺冒険者エピクと同じ。みずからを最強冒険者と信じて疑わないガツィーブにとってエピクと同程度など死よりも辛い屈辱だった。

「エピクと同じ……!?　エピク？　そうエピクだ！」

「なんじゃ？　早く出ていけ」

「聞いてくれマスター！　報告がある！　森でエピクと会った!!」

「はあ？」

唐突な報告に、理解が追い付かぬギルドマスター。

「エピクといえば、あの使えぬ底辺F級か？　それがどうした？　アイツが今さら生きていようが死んでいようが知ったことではない」

「でも、まさに今日森の中でアイツと会ったんだぜ？　冒険者をクビになったアイツが、狩り場にまだいるなんておかしくねえか？」

「……」

「しかもアイツには連れがいた。ピーピー煩《うるせ》え女で、アイツが薬草を持ってきてくれるんだとわめいていやがった。……なあ、最近薬師協会からの発注切られて苦しいんだよなあ、なあ？」

ギルド追放の瀬戸際に立ったガツィーブ、その危機感から今までにないほどに頭が早く回転する。

そして記憶にある少ない情報を繋げ合わせた結論は、奇跡的に真実を射抜いた。

さらにはギルドマスターにまで情報のピースは速やかに繋がる。

「薬草採取しか能のないアイツと、薬師協会に繋がりが？　新しい入手ルートがあるとか抜かしていたが……!?」

さすがの鈍いギルドマスターの頭脳でも、結論が出るのに時間がかからなかった。

「アイツの仕業ということじゃったか……!?　おのれ恩を仇《あだ》で返しおって！　犬が、飼い主の手を噛もうというのかぁあああッッ!!」

しかしヤツらの手の内さえ見抜ければ対抗のしようはいくらでもある。

ギルドマスターの脳内に、既に復讐の手筈《てはず》が浮かび上がっていた。

◆【再びエピック視点】◆

僕はエピック。

先日はペガサスを助けました。

スェルが調合してくれた薬によって完治したペガサスは簡潔にお礼を言って天空へと去っていった。

自身を襲撃した冒険者ガツィーブを咥えぶら下げて。

襲撃犯は他にもいたんだが全員捕まえてくと重そうだし面倒くさかったんだろう。

残りの蹴散らされた犯人たちはここに放置しておくわけにもいかないので僕が街に運んで、面倒を押し付けられた形なんじゃないかと思った。

ペガサスは去り際、『いつか礼は必ずする』的なことを言い残していったが、どこまで本気なのやら？

とにかく僕らは期待せずに、日々を真面目に過ごすことにした。

その翌日。

今日も元気に薬草採取しようと思ったところで問題が発生しました。

魔の森へ行くためには街を出ないとなんだけど、そのためには城門をくぐらないといけない。

防衛のため、また犯罪防止のためにも街はぐるりと城壁で取り囲まれ、数少ない城門からの出入りを徹底管理している。

その城門で何やらガヤガヤ言っているのだ。

「ゲハハハハ！　やはり来たな裏切者が!!」

なんと城門にギルドマスターがいた。

さらにその周りに冒険者らしい人が数名。城門を塞ぐように並んでいる。

あれでは通る人の邪魔になって大迷惑だろう。

「何事です？」

僕はまず、城門の出入りを管理する衛兵さんに伺った。

彼らは苦笑いするばかりで返答に要領を得ず、ますます何があったのかわからない。

「今日から城門の出入りに我ら冒険者ギルドも噛ませてもらう！　どうやら違反行為を行う者がいるようなのでの!!」

「違反行為？」

「そう！　我ら冒険者ギルドの許可なく冒険者活動フィールドに入り、素材を強奪していく者!!　そやつは明確に冒険者ギルドの規約に反する者であり世界の秩序を乱すヤツじゃ！　よって制裁を加えなければならん!!」

　これ、もしかしなくても僕のことだよね？

　ついにバレたか？

　冒険者ギルドをクビになった僕が、いまだに魔の森に入り薬草採取をしていることに。

　こないだガツィーブに遭遇してしまったから、そこから漏れたのも充分あり得る話だけども。

「随分と騒がしいことだな」

「あッ、薬師協会長さん？」

どうしたものかと困っているところへ薬師協会長さん登場。

隣にスェルもピッタリ寄り添っていた。

「どうしてここへ？　協会長さんだって仕事が忙しくて本部から出られないでしょうし？」

「これだけ大ごとになっていればね。さすがに騒ぎがデカすぎて私にまで聞こえてきたよ」

それで出てきたってことか。

「しかし、大胆なことをしますな冒険者ギルドマスター殿。冒険者を使って城門の占拠とは、街に対する反逆行為ととられても文句は言えませんぞ？」

「何を言う薬師協会長！　反逆行為を行っているのはアンタじゃろうが!!」

「ほう私が？」

バチバチと火花を散らす組織トップ二人。

「お前の汚いやり口は見抜いたぞ、このオレ様がなあ！　何が『独自の入手ルート』じゃ！　お前は、ウチでクビになった底辺冒険者を使い、不当に冒険者活動フィールドに侵入させて素材を盗み取っていたのじゃ!!」

「色々と言葉の扱いが不適切ですな」

やっぱりギルドマスター、真実に気づいてしまったか!?

僕がギルドから追放されてなお、ギルド御用達《ごようたし》の狩り場である魔の森を出入りしていること。

いつかバレるものと覚悟していたのだが。

実際にバレてドギマギ心臓バクバクするが、それに比して薬師協会長はまったく動じない！

「『盗み取っている』とはまさに人聞きが悪い。街中の土地とは違い、外に広がる大地は誰のものでもない、そこに生えるもの、駆け巡る獣を自分のモノにできるかどうかは才覚次第だ」

「詭弁《きべん》を弄するでないわぁ！　魔の森は、この街から冒険者ギルドへ管理を委託されている場所！　つまり魔の森で採れるものはすべて冒険者ギルドのものじゃあ！　我々に断りなく採っていけばそれは盗人《ぬすびと》じゃあ!!」

「街が冒険者ギルドに認めているのは『管理』であって『所有』ではない。そもそも恐ろしい魔の森の所有権など街自体主張していない。恐れ知らずなことを言うものでないぞギルドマスター」

　大声でまくしたてるギルドマスターに、一歩も引かず対する薬師協会長。

　その決然とした態度がカッコいい。

「ギルドマスター、アナタこそ一刻も早く勘違いを正すべきだ。モンスターが跋扈《ばっこ》する魔域を、人間が所有するなど思い上がりでしかない。冒険者によるモンスター発生地域での活動は、あくまで人間の領域から脅威を遮断する、防波堤代わりの行為に過ぎない」

「だ、だから何だというんじゃあ!?」

「モンスターはそれほど危険な存在だということです。ダンジョンなり、魔の森のような魔域でどんどんモンスターが増え、溢《あふ》れ出《だ》し、人の街や村に押し寄せてくる。そんなことがないよう間引きするのが真の冒険者の役割なのだ。素材の調達や売買などは二の次に過ぎない」

「ぐ、ぐぬ……!?」

平静に原則だけを主張する薬師協会長さんに、相手も反論できずに押し黙る。

「ゆえに街も、魔の森の出入り自体は制限などしていない。親が子に『危ないから入るな』と諭すことはあるがね。要するに自己責任。出入りは自由だが死んでも誰も面倒は見ない、ということさ」

ちなみにその例外は冒険者で、活動フィールド内で行方を断った場合速やかに捜索隊が組織されるし、怪我や死亡に対して保険金が下りることもある。

つまりそれがギルドに所属する旨味ということだった。

報酬額をいくらか中抜きされる代わりに非常時の補償や、クエスト受注の効率化を受けられる、その有利を得るためにギルドに所属するのももっともな選択だ。

逆に言えば、そうした安全効率を無視してフリーの冒険者でいることも別に違反ではない。犯罪でもない。

「キミたち冒険者ギルドは、自分らの儲《もう》けを確保するためにギルド所属だけが冒険者への道だと吹《ふい》聴《ちょう》しているようだがね。そういう行動こそ問題があるのではないのかね？」

「だ、黙れ!!　部外者が冒険者ギルドの運営方針に口出しするでないわッ！」

「ならば我ら薬師協会の方針にも口出ししてほしくない。誰から薬材を手に入れようと我々の自由だ」

とりあえず口ゲンカでは到底薬師協会長さんに勝てる気がしない。

それをギルドマスターも感じ取って押し黙っていたが……。

「ぎ……、ぐふぇふぇふぇふぇふぇふぇ……！　そうやって強がっていられるのも今のうちじゃぞ？」

と突然態度を改める。

「お前らがいくら屁理屈をこねようと、今日から冒険者ギルドに所属せぬ者が魔の森に入ることは禁止する。そういうルールを我ら冒険者ギルドで作成した！」

エフィリト街冒険者ギルド特別規則。

魔の森に立ち入ることができるのは冒険者ギルド関係者のみとする。

だって。

「ギャーッハッハッハッハ!!　これでお前らは魔の森に立ち入ることはできん！　現行で取り締まれないなら新しいルールを作る！　これが権力者の凄さよ！　一般市民が思い知ったかぁ!!」

いや、それって無理あるでしょう?

いくら権力者だからってできないことはある、それ以上に強大な権力を持った人が他にいればなおのこと。

そもそも魔の森の所有権は、この街自体主張していないって言ったのに冒険者ギルドがさも『森はオレたちのものだ』と言わんばかりのその言動。

冒険者ギルドだって、この街に所属している一組織に過ぎないだろうに。

顰蹙《ひんしゅく》を買うことは想定していないのだろうか？

「これでもう、お前のところのクソ虫は草を運び込むこともできんなぁ？　兵糧を断たれた気分はどうじゃあ？」

「とことんやり合うつもりのようだな」

「ま、ウチでもう一度素材を買いたいというなら、報酬五倍辺りから検討してやってもいいぞ？　もちろん『土下座』という誠意を見せたあとでな？」

完全に勝ったつもりなのかギルドマスターは、高笑いしながらその場から去っていく。

「お前らはここに残れ！　クソ密猟者を街の外に出してはいかんぞ！」

引き連れた冒険者はこのまま城門前に残していくようだ。

そして最後に僕の方を睨みつけ……。

「このクソ底辺役立たずが、よくも恩を仇で返してくれたなあ？」

「お、恩を仇？」

一体何のことだろう。

心当たりがなさすぎて衝撃を受けた。

「仮にも冒険者ギルドに所属しておきながらオレ様に歯向かうなど身の程知らずの極悪よ！　その思い上がり必ず後悔させてやる！　薬師協会の連中同様、最後にはこの街にいられなくさせてやるからな！」

というのを捨《す》て台詞《ぜりふ》に去っていったギルドマスター。

皆ポカンである。

「なんなのあの人!?　私の想像を超えて失礼すぎない!?　あんな失礼な人がこの世にいたの!?」

スェルが大層憤慨なさっていた。

そういやこの子、あのギルドマスターとは初対面だっけ。

「スェルもいずれ一人立ちするなら覚えておきなさい。世の中には想像を絶する非常識な人間がいるものだ。そんな相手に常識の対応をすれば却《かえ》って付け込まれるだけだ」

「じゃあ、これからどうするんです？」

ギルドマスターに森の出入りを禁じられてしまった。

このままでは僕も薬草やモンスター素材を採取できないし、そうなると薬師協会も薬を作れない。

再び大ピンチなんでは？

「別にピンチでも何でもないよ、彼らの決定を覆す手段なんていくらでもある」

薬師協会長さんはこともなげに答えた。

「とりあえず都市議会に訴えるとかね。ギルドの規則と街の法、どっちが優先されるか実際に検証してみるがいい。それかエピクくん、本来のキミならあの程度の障害、苦もなく蹴散らせるんではないかね？」

城門を塞ぐようにして立つ数名の冒険者が、こちらを睨むように見張っている。

通交の妨げ以外の何物でもないので、そのうち衛兵さんにしょっ引かれるんじゃないかな？

「今回、私はその中で、あえて『何もしない』という選択肢を取るつもりだ」

「えッ？　どうしてお父さん!?　あんな勝手な人たちの思い通りにさせるの!?」

「自然の成り行きに任せて、アイツらの思い通りになると思うのかい？」

薬師協会長さんは、古《いにしえ》の軍師がいかにも浮かべそうな邪《よこしま》な笑みを浮かべて……。

「彼らも知るといいんだよ。冒険者ギルドがモンスターのうろつく危険区域を任されているのは、特権でも利権でもなく負担だということを。エピクくんを追い出した魔の森がこれからどんな惨状になるか、まさに見ものだね」

相変わらず薬師協会長さんには深い考えがおありのようだ。

その深謀遠慮の見る先で、ギルドマスターはどんなことになってるんだろう？

◆【ギルドマスター視点】◆

冒険者ギルドマスターのギズドーンは、勝利を確信していた。

薬師協会がギルド抜きで薬草を集められるようになったのは、冒険者ギルドをクビになったエピクと裏で結託していたからだった。

ギルド所属時代にも薬草集めしか能のなかったエピク。薬師協会に取り入るのはまさに適材適所と言ったところだろう。

しかしながら、それで自分を邪魔するとは身の程知らずの極致……だとギルドマスターは考える。

ギルドマスターの行いは正義であり神の意志。

それに逆らう者は誰であろうと罰を下さねば。彼の手の者たちによる森の封鎖は手始めに過ぎず、

すぐさまあらゆる手を使いどん底へと突き落とす。

「オレ様に逆らったヤツには地獄を見てもらわんとなあ！　ヒャッハッハッハ……！」

あのエピクは役立たずの分際で、追放程度で済ませてやったのを恩情だったと悟っていないようだ。

恩を感じ取れないなら生かしておく価値もない、冒険者たちに命じて一人になったところを襲ってしまおう。

「次の朝には醜い土左衛門《どざえもん》が川に浮かんでいるだろうて、ククククク……！」

さらにヤツを裏で操っていた薬師協会長はさらに地獄を味あわせてやろう。

今ある地位も財産も奪い取り、路傍の物乞いにまで貶《おとし》めてくれる。そのあとトップのいなくなった薬師協会を自分が乗っ取るのもいい手だなと思うギルドマスターだった。

ともかく薬草の供給を再び断たれて、薬師協会は窮地に陥るはず。

詫《わ》びを入れてくるのは明日か明後日か。

確定した勝利に笑いの止まらぬギルドマスターではあった。

しかし彼は気づかない。

翌日にも、その笑顔が泣き顔に変わるのは、彼の憎い相手ではなく彼自身だということに。

彼は荒くれの冒険者を束ねるギルドマスターとして、魔の森の恐ろしさを少しもわかっていなかった。

兆候が表れるのにさほど時間がかからなかった。

エピクたちとの対峙から早くも一週間後には、既にギルドには明確な変化が表れ始めていた。

クエストから戻ってきた冒険者が傷だらけであったからだ。

「な、なんじゃこれは……!?」

先日、執務室が全壊した事件のために落ち着き場所を持たなかったギルドマスターは奇《く》しくもその光景をしっかり目撃するハメになった。

ギルドロビーが野戦病院のような有様ではないか。

「誰も彼も怪我しおって……一体どういうことじゃ？」

「森に出没するモンスターが、いきなり強くなったということです。クエストから帰ってきた冒険者たちが口を揃えて言っています」

返答も期待していないギルドマスターの独り言だったが、律義に答えるのはギルド受付嬢だった。

怪我の介抱や事情聴取のため負傷冒険者の溢れかえるロビー内を忙《せわ》しく行き来していた。

「目撃情報を聞き取り、どんなモンスターが現れたかの特定作業を進めていますが、既にガリゴリグリズリーやグラップルウルフが出没確定に挙がっています」

「な、なんじゃそれは？」

「知らないんですか？　ガリゴリグリズリーはＢ級、グラップルウルフはＣ級モンスターですよ！」

「ＢとＣ!?　なんでそんな上位モンスターが!?」

ギルドでの査定では、街の近辺に広がる魔の森の危険度はＥ判定であったはず。

彼が引き継ぎをした前ギルドマスターもたしかにそう言っていた。

それならば出てくるモンスターもＥ級相当がせいぜいのはずなのに。

無論、ギルドマスターはわからない。

本来魔の森にいるはずのない凶悪モンスターが急に現れ始めた理由も、プロであるはずの冒険者がまったく太刀打ちできない理由も。

現状、急速に増え始めた凶悪モンスターは、いつもならばエピクが駆逐しているはずのモノたちであった。

エピクは毎日、貴重な薬草を採りに森の中まで入り、それを遮るモンスターを出会った端から『消滅』させてきた。

それによって適切な数を保ってきた奥部のモンスターたちだが、先日エピクが森に入ることを制限されたために俄《にわ》かに事情が変わってきた。

天敵がいなくなったのである。

そうなれば繋がる先はただ一つ、大増殖であった。

増えまくった凶悪モンスターたちは棲息《せいそく》範囲を拡大させ、ついには奥部から溢れ森の入り口辺りまで出没し始めた。

エピクが消し漏らした弱く大人しいモンスターだけしか狩らず、ぬるま湯にひたりきっていた下級冒険者にはひとたまりもなかったろう。

そう、現状の冒険者たちが弛緩《しかん》しきって、他街のギルドとは比べようもなく堕落していることはエピクにも一因があった。

ともかくも対応を迫られるのはギルドを率いるギルドマスターと、その補佐をするべきギルド職員であった。

それを弁《わきま》えるギルド受付嬢ヘリシナは言う。

「原因は不明ですが、魔の森の探索難易度急激上昇はもはや疑いようのない事実です。ギルドマスターの判断が必要な事態と思われます、どうしますか？」

「ど、どうするとは……!?」

「対処です。いつも通りの対応では抑えきれないことは明白。ウチのギルドにはほとんどＥ級かＦ級しかいないんですから！」

その程度の下級冒険者がＢ級相当のモンスターに挑めば死あるのみ。

ただし、このギルドの冒険者たちは日頃真面目に取り組む者などほとんどおらず、それゆえに普段見慣れぬモンスターを見つけた瞬間、恐れをなして逃げ帰ってきたというので死者は今のところいない。

それでも追われただけで重傷に至った者は数え切れないほどいるが。

「もっとも順当なのは異常事態を発令し、近辺のギルドから上級冒険者を派遣してもらうことでしょう。それにはギルドマスターの裁可が不可欠です！　速やかな決断をお願いします！」

「ちょ、ちょっと待て!?　他のギルドに助けを呼ぶというのか!?　そんなことをしたらオレ様のメンツは丸潰れではないか!?」

ヒトが自分を助けるのは当たり前だが、ヒトに助けを求めるのは屈辱だとしか感じないギルドマスターだった。

人の考えは人それぞれであろうと、人の目前にある事実は変わらない。

突如として現れた凶悪モンスターに対処を行わねば冒険者の活動は再開できない。

寝て起きれば自然と消えている類でもないこの問題に、ギルドマスターは対処の方法を見つけ出せないでいた。

自分のプライドを傷つけることなく、綺麗に解決させる方法を。

「とッ、とにかく怪我人の治療が先決じゃ！　ポーションをバンバン使って傷を治せ！　そして改めて万全の態勢を組んで攻略に向かうのじゃ!!」

「ポーションはもうありません」

「何ぃ!?」

「薬師協会から、冒険者ギルドへの販売禁止令が出されています。冒険者にもギルド職員にも、ポーション栄養剤それに状態回復薬、すべての薬品は売ってもらえないそうです」

それは、かつて薬師協会からチラつかされた対抗手段の一つであった。

冒険者ギルドから兵糧攻めをされれば、薬師協会側にも同じような対抗手段があると。

「先日マスターは、薬師協会と完全敵対を示しました。ならば薬師協会とてこれぐらいの対応をしなければ面子に関わるでしょう。ポーションがなければ冒険者は何もできませんよ」

「あの卑怯者《ひきょうもの》がああああッッ!?　こちらのもっとも困ることを躊躇《ちゅうちょ》なくするなど人の心がないのかぁあああああッッ!?」

「こちらがしたことをやり返されているだけですよ」

殴れば当然殴り返してくるのは予想すべきなので、事前通告までされていたポーション売り渋りへの対抗策を考えておくべきだったが、ギルドマスターは何も考えていなかった。

在庫分も、この一斉重傷によって出し尽くされた。

今すぐにでも何とかしなければ、明日にでも冒険者ギルドは活動不全に追い込まれるだろう。

「こうなっては薬師協会に頭を下げる他ありませんね。これまでの無礼を詫びて敵対的措置のすべてを撤回すれば、販売禁止を解いてくれるでしょう」

「よしお前!　今すぐ薬師協会に行ってこい!」

「は？　何を言ってるんですか？」

受付嬢の態度はこれまで以上に辛辣だった。

「アナタが行くに決まっているじゃないですか？　先方に無礼を働いたのはアナタなんですから、アナタの頭でなければ下げる意味がないでしょう？」

「なんでオレ様の頭を下げんといかんのだ!?　誰よりも高い位置にあるべきなのがオレ様の頭だぞ!!」

「その高い頭を下げなければ収まらないのが今の事態なんです。ギルドのためにそうすべきなら迷わずするのがギルドマスターではないんですか？」

ギルド中に負傷冒険者のうめき声が響き渡る。

『煩い黙れ！』と怒鳴り散らしたかったが、さすがにそんなことはできないと空気を読めるギルドマスターであった。

代わりに目の前の受付嬢へ苛立ちのすべてをぶつける。

「何だその生意気な口の利き方は!?　受付嬢ごときがギルドマスターに無礼であろうが！　そんな気概があるならお前が薬師協会に行け！　そしてヤツらにすべての非を認めさせた上でポーションの販売を再開させろ！　いや、これまでの迷惑料でタダで納品させろ！　それができなければお前もクビじゃあ!!」

「いいですよクビで」

冒険者と違い、ギルド職員はギルドに雇われた勤め人であるのでギルドマスター一人の裁量で解雇することはできる。

それを承知の上で一歩も引かずに押し出る受付嬢ヘリシナ。

「私はギルド職員として正しいことを行い、上司に進言しています。それでクビになるというなら仕方がありません。間違ったことをしてギルドに残り続けるよりはマシなことです」

解雇宣告にビクともしない相手に、ギルドマスターは困惑した。

クビになれば収入を失い社会的な立場を失う。生活基盤がぐらつくというのに、それが恐ろしくないというのか。

だがそれ以上にギルドマスターを困惑させたのは、この解雇をチラつかせた脅しで怯まなければ、それ以上の手段が他にないということだった。

腹を括《くく》って脅しに屈さぬ相手がどれほど恐ろしいか、今さら実感させられる。

目の前の女は解雇などに怯《おび》えない。

かといって薬師協会に頭を下げるなど……いや誰に対してでも頭を下げるのは嫌だった。

崩壊か屈辱か。

どちらへ進んでも傷を負わない展開がない、ギルドマスターは打ち震える。

そんな極限状態であったからだろう、普段なら絶対に思いつかないような破滅的一手が浮かんだのは。

「……森を焼け」

「は？」

「危険なモンスターどもを森と共に焼き払ってしまえばいいんじゃ！　どんなに凶悪であろうと炎に焼かれればひとたまりもあるまい！　これぞナイスアイデア！　この緊急事態にこんな名案を思いつくなどオレ様はまさに英雄じゃあ！」

「何を言ってるんです!?　そんなことをしたら山火事になるかもしれません！　そうなった時の被害の甚大さがわからないんですか!?」

「モンスターが溢れかえればどっちみち危険じゃ！　これは危険から街を守るために大胆な決断！皆もオレ様の決断力に称賛を送るはずじゃあ!!」

　受付嬢も慌てて止めるものの、ギルドマスターは既に目が血走っており尋常な判断ができる状態ではないと一目でわかる。

　しかし今はギルド全体が非常事態であり、怪我と危険で苛《さいな》まれた冒険者たちの精神にも狂気は伝《でん》播《ぱ》した。

　フラフラと幾人が立ち上がる。

「待ちなさいアナタたち！　皆止めて！　誰でもいいから！　もうッ!!」

◆【再びエピク視点】◆

僕ことエピクは、ここ数日することなく薬師協会本部に入り浸っていた。

だってやること特にないし。

これまでずっと森で薬草採取する生活。

余裕がないので休日返上で毎日やってたからなあ。最長記録は九七二連勤よ。どやッ。

そんな僕なので唐突に仕事がなくなると逆に手持ち無沙汰で困る。

ここ最近は薬師協会から充分な報酬を頂いているので、いきなり収入が断たれたところで慌てなくてもいい。

それは薬師協会も同様で、既にこういう事態は予測済みでそれに備えて充分な薬材をため込んでいた。

保存に手間はかかるもののストックされた分だけで一ヶ月は無理なく営業可能なんだそうな。

周囲からも『せっかくなんだからゆっくり休みなさい』と言われて休む以外の選択肢がなくて困惑する僕だった。

なので薬師協会本部にやってきて頼まれてもいないのに掃除とかする僕。

その隣でスェルがぶんむくれていた。

「……まだ怒ってるの？」

「当然です!!　何であんな嫌な人たちの思い通りになるんですか!?　大人しく引き下がったお父さんなんて嫌い！　意気地なし!!」

世のお父さんに大ダメージを負わせる娘からの罵倒はやめなされ。

入り口近くで様子を窺《うかが》っていた薬師協会長さんが案の定、痙攣《けいれん》しているではないですか。

「ぐおおお……ッ!?　スェルはまだまだ駆け引きというのがわかっていないようだね」

「そんな吐血しながら言われても」

「あえて引くことで相手によりダメージを与えられることもあるんだよ。相手が愚かなら特にね。こちらが手を汚すまでもなく勝手に自滅してくれるならその方がいいじゃないか」

と悪そうなことを言う薬師協会長さん。

今回の冒険者ギルドのイザコザには、それが当てはまると。

「私はずっと思っていたんだよ。魔の森の奥まで入れるエピクくんの実力、最近になって運び込まれるモンスター素材の質と量。キミ実は相当なモンスターを駆除してきたんじゃないか？」

「は、はあ……!?」

『消滅』スキルで消しまくってきたんで証拠は挙がりませんが。

「少なくともここ数年の間は、エピクくんが危険なモンスターを間引き続けたことで他の冒険者たちには弱いモンスターしか回ってこなかったことは容易に想像できる。ハッキリ言ってぬるま湯環境だ」

そんなぬるま湯環境は、僕がギルドを辞めたあともひとまず続いた。

僕が薬師協会専属として森に入り続けたからだ。

しかしそれもギルドマスターのバレるところとなり、締め出しを食らっていよいよ森に入れない。

そうなれば今頃、これまで僕が駆除してきたモンスターは……。

「今頃他の冒険者に牙を剝《む》いていることだろうね」

「そんなことになったら！　大変じゃないですか!?」

今のこの街の冒険者は、僕が討ち漏らした下級モンスターばかり相手にしてきてぬるま湯ドップリ勢なんだ。

そんな彼らが、森の奥……いや中間地点の中級モンスターにでも遭遇したらどうなるか。

「別によかろう」

薬師協会長さんはこともなげに言った。

「彼らもみずから冒険者を志したなら命を失う覚悟はできているはずだ。安全を保障されなければ冒険できないというなら、そんなヤツは冒険者ではない。今すぐ職を変えるべきだ」

言うことがシビアだ……。

さらに話を聞いてスェルが手探りするように言う。

「要するに……、狩り場をアイツらに明け渡してもどうせモンスターに駆逐されるだろうから大丈夫ってこと?」

「それに加えて、ポーション販売禁止令も発動したから向こうは完全に詰みだろうね。向こうが派手にケンカを売ってくれたもんだから、こちらも憂いなく伝家の宝刀を抜けたよ」

いやでもさすがに……。

僕が駆除しなくなって数を増やしたモンスターが甚大な被害をもたらしていると予測できているところへ、傷を治すポーションの供給が断たれたら全滅不可避じゃないか。

「ぬるま湯に浸《っ》かりきっていた彼らが音を上げるのに時間はかかるまい。早晩我々に泣きを入れるだろうさ、それかエピクくん個人に突っ込んでくるか……。もし頼られても迂闊に助けてはいけないよ?」

「で、でも……!?」

「かつてはこの街も、屈強な冒険者たちで活気に溢れていた」

「?」

唐突な話題替えに、僕も困惑。

「ギルドからE級査定を受けている魔の森だが、奥に進むほどそれ以上の強豪モンスターが待ちかまえる難所だということはもう知っているだろう?」

「は、はい……」

「私が二十歳そこらの頃は、魔の森を征服してやろうと多くが集まったものさ。野望と熱意に満ち溢れた本物の冒険者がね。今この街のギルドで屯《たむろ》っている連中は違う。覚悟も熱意もなく、ただ冒険者というだけで粋がっているニセモノどもだ。そんなヤツらに本当の冒険者の困難を教えてあげたくもあってね」

そんなことを言う薬師協会長さんの表情に、言い知れない陰りを感じる。

「でで、でも、それなら現状の冒険者に森のモンスターを抑え込むのは無理ってことじゃないですか？　そうしたら本格的に森から溢れたモンスターが街にも入ってきて、大きな被害が……」

「安心したまえ、そうはならない」

やけに自信たっぷり断言しますね？

「魔の森に生息するモンスターは、その外に出ることがないんだよ。そういう風に決めているからだ」

「決めてるって、誰が？」

「魔の山の主が、さ」

魔の山。

魔の森のさらに奥にあるという伝説級の秘境だったか。

前にも幾度か話題に上ったことがある、そこに住むという最強の怪物についても。

「魔の山の主は、魔の森まで含むここら一帯の王だ。その意志に逆らうことは誰もできない。モンスターも、主が発する呪力に本能を抑えられ、決められた範囲の外を出ることができないんだ」

「そ、そんなこと初めて聞きました……!?」

「みだりに言い触らせないことだからね。それに人間側も、モンスターに侵されない代わりに主からの約束を守らされている」

「約束？」

魔の山の主を騒がせてはいけない。

日々の糧を得るため魔の森に入ることは許される。しかし膝元で騒がれれば煩わしいので、魔の山に入ることは絶対に許されない。

「じゃあ、しつこいぐらい『魔の山に入るな』と言われたのは……？　山の主との契約のため？」

「なんか釈然としないわね。魔物の言うことに人間が従わされるなんて……」

スェルの述べた感想に、父親である薬師協会長さんは何故か悲しげな表情を見せた。

「そう言うものではないぞスェル。魔の山の頂に住むあの御方《おかた》は、魔物であるが同時に神とも言うべき存在だ。あの御方にとってはモンスターも人間も等しく小さな存在に過ぎないのさ」

魔の森にE査定がついているのも、何十年も昔に魔の山の主の存在を知るギルド関係者がおもねってつけたものだという。

『山の主が支配しているので安全』と『山の主を刺激してはいけない』という二重の意味から。

「ということで小者がジタバタしても大した事態にはならないということだ。私たちはここでゆっくり彼らの自滅を待とうじゃないか」

「むー」

スェルはあんまり納得していない様子。

そこで外の方がなんか騒がしくなってきた。

「おや？　もう冒険者ギルドが音を上げてきたのかね？」

と薬師協会長さんが気楽に言っていたが、ドアを押し倒すように転がり込んできたのはギルド受付嬢のヘリシナさん!?

「た、大変です！　ギルドが、ギルドマスターが……!?」

受付嬢さんの慌て方が尋常ではなかった。

いつもからは考えられない慌て方。

「森に火を放ちます!!」

「何ぃッ!?」

なんでそんなことに!?

大方の予想通り、間引きのなくなった森で強力なモンスターたちに苦しめられた冒険者ギルド。

それを逆転のために森ごと消し去ろうと火をつけるという。

思考法が破滅的だった。

「お父さん！　これも計算のうちなの!?」

スェルの問いに薬師協会長さんは即答しなかった。

「……すまないエピクくん、私の考えが甘かった……！」

薬師協会長さんが僕へ頭を下げる。

「ヤツらがここまで愚かだったとは！　このままでは街に被害が出るかもしれない！　私の愚行の尻拭いをさせてすまないがエピクくん、バカどもを止めてくれ！」

「わかりました」

この街に被害を及ぼすことはあってはならない。

僕はすぐさま決断し、部屋を飛び出す。

街の外、魔の森へ向かって駆け出す。

◆

魔の森へと到着。

いつも通い慣れた魔域とは様相が異なっていた。まったく違う。

炎に焼かれる木々は赤々と燃え盛り、僕の頬《ほお》を熱く照らしていた。ごうごうと唸《うな》る風が木枝を揺らし、ちぎれた葉が流され飛ぶ。

その葉っぱにも火が乗っている。このままではどんどん燃え広がることだろう。

「もっと火を燃やせ！　松明《たいまつ》ジャンジャン持ってこい！」

森の中で蠢《うごめ》く二十人程度の一団がいた。

その中で指揮を執っているのは、あの冒険者ガツィーブだった。

「この森を焼き尽くすんだ！　火をくべろ！　油を撒《ま》け！　こんな森、モンスター諸共《もろとも》焼けてなくなれぇええええッ!!　ギャハハハハハッ!!」

冒険者が、みずからの生活基盤とする狩り場を潰そうというなんて。

本当に何を考えているんだ。

「やめろッ!!」

僕は迷わず飛び出した。

凶行を行う彼らに立ちはだかり、同時に火をつけた松明や、油のドップリ溜まった壺《つぼ》、とにかく火の元となる物品を目につく傍《そば》から『消滅』させる。

そのショックが大きかったのだろう、ガツィーブとその配下冒険者は皆僕へと注目してきた。

よかった無視されなくて。

「お前……、エピク？　最低F級野郎？」

「なんでコイツが……!?」

「あれ、松明も油も消えちまった!?」

睨み合う形となる僕と集団。

「アナタたちには冒険者の誇りはないのかッ!?　自分たちのしていることが理解できないのか!?」

かつて僕は、この人たちに何も言い返せなかった。

Ｆ級冒険者という絶望が僕から自信を奪い去った。何も言う資格がないと。

でも今なら、スェルやたくさんの人たちがくれた自己肯定から、負けずに立ちはだかることができる。

「煩《うるせ》え底辺Ｆ級！　どきやがれ!!」

でも怒鳴られるとやっぱ怖い！

「テメエみたいな最弱野郎に誇りを云々《うんぬん》される筋合いはねえんだよ！　オレは最強のＤ級冒険者ガツィーブ様だぜ！」

「最強冒険者はＳ級だ。Ｄ級からは遥か遠い」

「黙れ揚げ足取りのクズが!!」

ガツィーブ、前に会った時と同様全然話が通じない。

余裕がないんだ、何でこんなに追い詰められているんだ？

「なんでオレがこんな目に遭わなきゃいけねえんだ!?　負けたんだぜオレが、モンスターごときに？」

「？」

「Ａ級のクソ女はまだいいよ……！　Ａ級だよ、しょうがねえもんな。Ａ級だからだよ……！　聖獣に負けるのもしょうがねえ。でも普通のモンスターにまで負けるなんてありえねえだろうが!!」

そう彼も、僕が締め出された以降の森へ入ったのだろう。

そこで野放しになった凶悪モンスターと遭遇し、負けた。話によればＢ級Ａ級相当もうろつく本来の魔の森だ。

ガツィーブではまったく歯が立たず、逃げるだけで精一杯だったろう。

その事実が彼のプライドをズタズタに？

「オレが負けるわけねえ！　Ｄ級の最強の冒険者が負けるわけねえ！　だから燃やしてやる！　森ごと燃やせばモンスターどもも一網打尽だ！　人間様の知恵を思い知れ！　ギャハハハハハハッ!!」

彼の説得は無理そうだ。

道具を消し去り、これ以上火の手を広げることは無理だろう。

放っておいて本格的な消火活動を開始する！

消火の『消』は『消滅』と同じ、何とでもなるはずだ！

「行かせるな、囲め！」

しかしそんな僕を逃がすまいと冒険者たちが動き出す。

大人数を利用して僕一人を取り囲み、前後左右どちらにも行かせまいとする。

「クソ底辺、お前にも恨みをしっかり晴らさなきゃなあ！　自分の罪を償わずに済まされると思うなよ!?」

「僕の罪？」

何のことだ？

「そもそもテメエがゴミ薬師どもと手を組んで嫌がらせするから悪いんだろうよ！　それがここまで悪い状況を生んだんだ！　テメエだけは絶対に許さねえ！　ここでぶっ殺して天罰キメてやるぜ!!」

ガツィーブが振り上げたのは、ただの木の棒。どこで拾ってきたのかもわからぬ武器とも呼べない棒切れであった。

彼の剣は、この前『消滅』させたからなあ。

会うたび粗末な得物になっていく。

「F級が粋がった報いだ！　ここで死ねやぁ!!」

もちろん殺されるつもりなどないので抵抗するつもりだった。

しかしその必要もなかった。

炎の向こうから現れた乱入者によって、冒険者たちの陣形はたやすく散り崩されたのだから。

「うぎゃあああッッ!?　モンスターだッ！」

「オオカミ!?　最近出てきた超強《つえ》ぇヤツだ！　オレたちじゃ敵《かな》わねえ！」

「逃げろぉおおおッッ!?」

モンスターに対する反応も逃げ足も、まるで一般人そのものだった。

冒険者なら対抗する素振りだけでも見せればいいのに。

そんな彼らも逃げる必要はなかった。

現れたモンスターを僕がすぐさま『消滅』させたからだ。

「はへッ!?　モンスターは？」

「消した？　エピクが？」

衝撃に言葉も忘れる冒険者たちへ……。

「これが僕のスキルです。対象に捉えたものを何でも『消滅』させる。大きさも硬さも関係ありません。何でも無条件に消せます」

僕がこのスキルを彼らに秘密にしてきた。

理由は恥ずかしいから。

冒険者として討伐証明も残せない、素材も持ち帰れない全部消してしまうこの能力は何の役にも立たないと。自慢するだけ恥ずかしいと思っていた。

でもそれが、僕の罪だったんだね。

「僕は自分のスキルを否定して、隠して、誰にも知られずに森のモンスターを狩ってきました。それで森から強力なモンスターがいなくなって。弱いヤツしか相手をしないアナタたちが勘違いしちゃったんですよね？」

その言葉に、冒険者たちの浮かべる反応は様々だったが、中でもやはりガツィーブが激烈なリアクションを示した。

目ん玉が飛び出るかというほど見開き、こっちを凝視する。

「しかしどんなに恥ずかしかろうと、僕は自分のスキルを公表して情報を共有すべきでした。僕の足りない考えでギルドに歪《ゆが》みを生み、挙句こんな事態にまで繋げてしまった。申し訳ありません」

ペコリと頭を下げる。

「僕は自分の責任を取るためにも、必ずこの火を消し止めます。だからせめて邪魔だけはしないでください。もし邪魔するなら……！」

僕らの街を、皆の採取場であるこの森を守るために、僕にできることは結局『消滅』させることだけ。

「……アナタたちも消しますから」

「その必要はないわ」

急に肌寒くなり、気温が下がった気がした。

しかしそう思ったのは僕だけだった。他の人……対峙していた冒険者たちは『肌寒い』どころの話じゃないだろう。

「ぎゃあああああッ!?　寒い!?」

「体が凍る!?　凍る!?」

「足が動かねえ、氷で地面にピッタリ張り付いてるうううううッッ!?」

あれは氷の魔法スキル？

冒険者たちは体の表面を凍らされて身動き取れなくなったようだ。

でも僕はそんなこともない。

『消滅』スキルで無意識にキャンセル……いや、相手が対象から外したんだね。

「本当に救いがたい連中ね。こんなヤツらと同類と思われるだけで最悪だわ」

「リザベータさん？」

A級冒険者のリザベータさん？

もう帰ったんじゃなかったの？

「帰ってないわよ。しばらくこの街でバカンス過ごすって言ったでしょう。……でもまあこんな大ピンチに休業中だからって知らんぷりできないわよね」

それで駆けつけてくれたと……。

これが真の冒険者。

「さあ、協力して火を消すわよエピクくん。私の氷雪スキルなら消火活動に打ってつけ……と言いたいところだけれど、骨が折れそうねえ」

炎は木から木へと燃え移り、もはや視界全部が赤く染まっている。

それでもまだ延焼面積は魔の森の一部に過ぎないんだろうが、煽《あお》られて平静を失い、街に向かうモンスターがいつ現れるかわからない。

一刻も早く火を消さねば。

「リザベータさん、僕に任せてもらえませんか。試したいことがあるんです」

ここ最近『消滅』スキルの応用法を色々と試してみた。

その方法のほとんどは、意識して『消滅空間』を細く、小さくしていくことだった。

しかし今度はその逆。

あえて大きくしてみようではないか。

『消滅空間』を操作可能だとわかった時、空間を収縮することも可能なら拡大させることも可能だとわかっていた。

どれほど大きくすることができるだろうか？

理論上制限がないならこの世界すべてを消し去ることも可能だろうけれど、それは怖いからやらない。

『消滅空間』を極限まで広げて魔の森の炎上範囲を全部飲み込む？

それもいいかもしらんが、あとの被害が甚大すぎる上に、あんまり『消滅空間』を広げると命を削ることになるかもしれない。

なのでもっとスマートなやり方を試してみた。

『消滅空間』が内部の空気まで『消滅』させ、一瞬だが真空を生み出すことは既にわかっている。

一定気圧を保つ作用のために、出来た真空にはすぐさま周囲の空気が流れ込むのだが、それは言い換えれば『消滅』スキルで空気の流れを作り出せるということ。

最低限、自分のところへ空気が流れ込んでくるように。

『消滅空間』を連続で作っては消し、作っては消しすることで出来た真空に空気が流れ込んでくる。

それはもう排水口へ向かっていく水流のようだった。

一定方向への空気の流れに乗って、葉っぱのような軽いものも一緒に流れ込んでくる。

火に燃え、周囲に燃え広がろうとするものもすべて。

火の粉も。

こちらで追うまでもなく、向こうから吸い寄せられて『消滅空間』に飲まれて『消滅』していく。

「う、うっそぉ～？」

傍《かたわ》らで見守るリザベータさんが間の抜けた声を発した。

風の流れが渦となる。

それに飲み込まれる木の葉、その木の葉を燃やす炎の赤い光で、風の流れがよく見えた。

木を燃やす炎まで剥《は》がされて吸い込まれていき、最後には『消滅空間』に飲まれる。

強力吸引だが所詮は風の力なので一定以上の重いものは飲み込まれない。

火がつくのは大抵軽いものからなので、それらを消し去るには非常に都合がよかった。

「ぎゃああああッ!?　吸い込まれるうううううッッ!?」

それでも女の子のリザベータさんなどは小柄なのでうっかりしてると風に乗って飛びかねない。

その辺の木の幹に摑《つか》まり、必死の形相でいる。

彼女はわかっているからだ。この吸引に囚《とら》われたらその先にあるのは百パーセントの死。気流の行き着く終点は消滅空間なのだから、そこに飲まれたモノはどんな存在だろうと生還できない。

生死が懸かっているとなれば、そりゃリザベータさんだって必死の形相になるものよ。

実際、何匹かの虫型モンスターが気流に逆らえず、あおられ流され、ついには終点の『消滅空間』へと落ち、一秒の誤差もなく粉々となっていく。

トンボ型や蝶《ちょう》型など、飛行のために極限まで体重を削ぎ落したヤツらは却って逃れる術を持たぬようだ。

それでも体長は、人間のそれを優に超えて、普通に遭遇すれば恐ろしい脅威となるバケモノトンボや妖怪蝶たちなのだが、それらが為《な》す術《すべ》もなく次々流されては消滅していく様を見て地上の人間たちは戦慄するのだ。

協力に駆けつけたリザベータさんはもちろん、捕まって氷漬けにされている放火犯冒険者たちも。

特にソイツらを率いた主犯格のガツィーブも。

「なんだ……、なんだよこれ……!?」

呆然と、上空に渦巻く空気の暴虐を見つめるのみ。

「何でクズの底辺野郎がこんなことできるんだよ……!?　英雄は……最強はオレの役割なのに……!?」

「……さて」

舞い飛ぶ木の葉もだいぶ少なくなってきた。

炎のまとわりついたものは得に。

火の手となっているものは大体吸引し終えたと判断し、僕は特大継続『消滅空間』をオフにした。

周囲は燻《くすぶ》って真っ黒な炭か、逆に白い灰の風景のみだった。

枝葉を取られて丸坊主になってしまった幹は悲惨だが、ここは歪《いびつ》なる生命力で満たされた魔の森、回復も早いだろう。

「ただこれだと木の中にまで燻った火まで消せてないから念入りに消火活動しないと。リザベータさん手伝ってもらえますか？」

「あ……!?　うんそうね。ここで少しは手伝わないと来た意味ないもんね……!?」

リザベータさんには氷雪スキルで粉雪を噴き散らしてもらい、その水分と冷気で燻りも完全に消えるだろう。

僕らはしっかりと確信を持って、現場から撤収した。

「お、おい……!?　もう火は消えたからいいだろ？　オレたち解放してくれよ……!?」

「アンタたちは放火犯として衛兵に引き渡すの。解放するわけないでしょ」

「そんなヒデェよ!!」

冷凍保存しておいた冒険者たちも伴って。

◆

街に戻ると、なんか偉い騒ぎになっていた。

城門に人だかりができている。それが皆一緒になって歓声を上げているのだ。

ただの声でも何百人とまとまれば怒涛《どとう》の衝撃になるんだなと知ってビビった。

傍らでリザベータさんが言う。他人事のように。

「英雄の凱旋《がいせん》はいつにもまして壮観ねー」

「英雄？　誰が？」

「アナタに決まってるでしょう？」

そんな当たり前のことみたいに言われても。

「さすがに魔の森の大火事は、街中に知れ渡る凶事だからねえ。最悪火に追い立てられたモンスターに街を壊滅させられるかって瀬戸際、最低限の被害で済んで一安心ってところよ。その最大の功労者はアナタなのよエピクくん」

「僕は、当たり前のことをしただけなんですが」

「当たり前のことをして称賛されるなんて一番素敵なことじゃない。胸を張りなさい、今日の主役は間違いなくアナタよ」

城門周りに詰めかけてきた人の誰もが笑顔で手を振っている。

彼らの笑顔を守ったのは、僕か。

そう思うと自然誇らしい気持ちになり、手を振り返すとますます歓声が上がった。

「エピクさん！」

さらに駆け寄ってきたのはスェルだった。

向かう場所が危険だったとはいえ、彼女には心配させてしまって申し訳ない。

「凄いですよ！　森で凄いことになってるのを皆街から見てました！　エピクさんが凄いのを皆で確認しましたよ！」

「え？　見えてたの!?」

あんな遠くから？

やっぱり規模が大きいと周囲に大きく伝わるもんだなあ。

「これでもうエピクさんをバカにする人なんていません！　エピクさんはこの街一番の冒険者です！　この街の英雄ですよ！」

「A級の私は？」

「アナタはただのお客さん!!」

そこへさらにダダダダッと足音が近づいていた。

汚い足音だった。

僕の目の前にいたスェルを突き飛ばす。

「きゃあッ!?」

「スェル!?」

慌てて助け起こそうとした僕を、強引に腕を摑んで引き寄せる。

「ゲハハハハ！　よくやってくれた我が冒険者よ！」

それは冒険者ギルドのギルドマスターだった。

馴《な》れ馴れしく僕の肩に手を回し、仲よしさんでもアピールするように密着する。臭い。

「街の皆さま！　襲いくる危機を我がギルドのエース！　エピクが解決しましたぞ！　オレ様はギルドマスターとして、我が部下を誇りに思います！　一緒に讃えてやってくだされ!!」

何を言ってるんだ？

この火事騒動はギルドマスターの指示で行われたことは知っている。

「やめてください」

僕はすぐさま振り払い彼から体を離した。

主張を迷い、流れに身を任せるだけの僕ではもうない。

「僕はアナタの部下じゃありません。アナタの決定で僕はギルドを追い出されたんじゃないですか」

「な、何を言うのだオレ様のもっとも忠実な部下エピクよ。何か悲しい誤解があるようだな。オレ様はお前ができるヤツだとずっと前からわかっていたぞ？」

「そんな相手を日頃から最低だの無能だの罵っていたんですか？」

「誤解だ！　聞き間違いだろう？　きっとそうに違いない!!」

愚にもつかない言いわけを並べながら目では『合わせろ！　話を合わせろ！』と視線で訴えかけてくる。

そういう空気が読めてしまうのは僕の気の弱さゆえだが、もう屈しない。

空気に流され続けてきた僕の弱さが今日の事件を誘発したんだと反省したんだから。

「ギルドマスター、森に火をつけるように指示を出したのはアナタですよね？」

「ギクッ!?　そんなバカな！　何を勘違いしている!?　何を根拠に……!?」

「現場で確保した彼らがそう証言していますよ」

振り向けば、既にガツィーブ以下お縄についた冒険者たちがリザベータさんの監視下で跪《ひざまず》いていた。

逃げようとすれば容赦なく刺されるか凍らされるかなので抵抗の意志はとっくに刈り取られている。

「さっき言ったことをワンモア」

「森を燃やせって言い出したのはギルドマスターだ！　手に負えないならいっそ燃やしちまえって！　オレたちはギルドマスターの指示に従っただけなんだぁあぁあッッ!!」

大勢の前で明らかになるギルドの非道。

ギルドマスターは顔を真っ赤にしてまくしたてる。

「騙《だま》されるな！　アイツは少しでも自分の罪を軽くしようとデタラメを抜かしておるんじゃ！　オレ様は何も知らん！　すべてヤツらが勝手にやったことじゃ!!」

だとしても、彼が率いる冒険者ギルドの不始末は彼自身が責任を取るのが筋だ。

日頃から支配者と称して威張り散らしているんだから。いざという時責任を取るのが偉い人の役目だろう。

「それにガツィーブたちが放火に使っていた松明や油。あれ冒険者ギルドの備品ですよね？」

「ぐヘッ!?」

「チョロまかしたにしろあれほど大量に盗まれてギルド側が気づかなかったってあります？　気づけばその時点で通報するべきですよね？　気づかなかったら、それはそれで危機管理に大きな問題があると思いますが？」

どの道この人に生き残る道はないということだった。

問題が起きれば、どんな形であろうとも責任を取るのが責任者だろう。彼が授かった立場の重みを今こそ知るべきだ。

「知らん知らん！　オレ様は何も知らんぞ！　火事はあの連中が勝手にやった！　オレ様には関係ない！　街を救ったのはオレ様の部下エピクだ！　それは大いに関係ある！　それだけが事実だ！　全員それに従わんかああああッッ!!」

だから僕のことはもう随分前にアナタが追い出したんではないですか。

自分の発言にすら責任を持てない人だ。

「では、従わなかったら？」

「誰だ!?　そんなヤツ我がギルドの総力を挙げて潰してやる！　いいのか!?　冒険者ギルドに逆らって、この街で生きていけると思うなあああッッ!!」

「ほう面白い、ではやってもらおうかの？」

ギルドマスター、さっきから誰と話してるんです？

突如現れた老人。上品で気品漂う佇《たたず》まいで、何か地位のある人だと一目でわかった。

その隣に薬師協会長さんが従者然として付き添ってるし……。

「あの、協会長さん？　このおじいさんは……？」

「紹介しよう、この御方はレズラム議長。この街を束ねる都市議会の頂点に立つ御方だ」

「つまり……、この街で一番偉い人？」

そんな人のお顔も知らなかったなんて。

僕が無知を恥じると議長さん、自分の真っ白な髭《ひげ》を撫《な》でて。

「偉くもなんともないさ。ワシはこの街の裁量を行う権限を皆から預かったにすぎん。この街の皆が持つ権利を代行するというだけで上か下かもないものさ」

ただし。

「薬師協会も冒険者ギルドも、都市議会からの承認を受けなければこの街で活動はできない。どういうことかわかりますかなギルドマスター？」

奥深さある老人から睨まれてギルドマスターは震えあがった。

基本的に権力があれば何でもできるが、それでも思い通りにならないことはたしかにある。

その最たるものは、さらに大きい権力を持った者とぶつかった時だ。

✚〈四章〉追いつめられたギルドマスター

「都市議会、議長、あわわわわわわ……!?」

「お久しぶりですのうギズドーン殿。ギルドマスター就任の挨拶以来ですかな？」

言葉遣いは丁寧な議長さん。

しかし僕は初めて知る。

偉い人が下手に出ると却《かえ》って物凄《ものすご》い圧が掛かるものだと。

息を潜めて忍び寄ってくる猛獣のようだ。

「あれから一度も訪ねてくれることはありませんでしたが、アナタのご動向は人の口を通じて伝わってきましたぞ。大層なご活躍だそうで」

「たははははは……、お褒めにあずかり光栄……!?」

「ギルド内での人事権を濫用し、気に入らない人員は片っ端からクビにし、余所《よそ》の組織と揉《も》め事《ごと》を起こしては街の流通生産を滞らせる。見事なご活躍ですな」

「ぐひッ!?」

「我らとしては、街の営みに必要だからと冒険者ギルドの活動を認可しているのです。期待に応えてくれないのであれば議会としても方針を変更せざるをえませんなあ」

淡々と事実を述べてギルドマスターを追い詰めていく。

そのやり口はまさに老練だった。

僕も傍《はた》から見ていて怖い。

「ですがワシは、この場で短絡的にアナタをクビにしたりはしません。冒険者ギルドとしても外部から人事に口出しされるのは不快でしょうし、何よりアナタと同じ過ちは犯せませんからな」

「エフィリト都市議会にアナタの解任動議が提出された。この議案は速やかに検討され決議がされたのち冒険者ギルド理事会に申し送りされる。そこで冒険者ギルドの善意が問われることだろうな」

薬師協会長さんも併せて通告する。

その内容にギルドマスターは顔を真っ青にした。

「解任!?　バカな！　そんなことはありえぬ!!」

「だったらどっしりかまえて待っていることだな。お前が信じる通りの世の中なら解任案は却下されるだろう」

「そうだ！　そうなるに決まっている!!」

「ちなみに教えておくが、この街の都市議会は議長含めて十八人の議員によって構成される。そのうちの一人が私だ」

「ぎぇッ!?」

薬師協会長さん、都市議員を兼任しているの？

偉い人ならありそうだが、バイタリティ高いな。

「生まれも育ちもこの街の私を舐《な》めるなよ。赴任組のお前と違って、私の人生のすべてはこの街のためにあるんだ。街を脅かしたお前を絶対にのさばらせたりはしない。私はお前の解任賛成に一票入れてやるからな」

「これでギズドーン氏のマスター解任まで、あと九票ですかな？　いやワシも入れますんで残り八票ですかのう？」

「議長は二票分の権限を持っていますから、あと七票でしょう？」

着々と追い詰められていくギルドマスター。

そう、本来なら誰かをクビにするって、こんなに難しいものなんだ。

たとえ議会で決議が採られても、それに対してギルド理事会が同意しなければ、ギルドマスターを辞めさせることはできない。

誰かの一声だけで一人の人生が崩される、そういうことがあってはならないんだ。

もどかしいことだがしっかりとした手続きの上に責任を取ってもらってこそ、あの人を罰する意味がある。

「理事会が……、冒険者ギルド理事会が絶対承認せんわい！　こんな田舎町から人事の口出しをされるなど受け入れるわけがない!!」

「何の理由もなければそうだろうが、既にアンタのやらかしはギルドも庇《かば》いきれんだろう。商売相手でもある各都市と対立してでも守りたい、そんな価値がお前にあるか、よくよく考えてみるんだな」

宣告は終わりとばかりに踵《きびす》を返し、もはやギルドマスターなど視界にも入らぬという風の議長。

しかしそんなおじいさんと僕の目が合った。

ビクッとした。

「最後にエピクくん、ワシからも礼を言わせてくれ」

「そんな……ッ!?」

「キミの活躍で街は危機を避けられた。聞くところではキミは長年、冒険者ギルドで不当な扱いを受けていたそうな。ワシは議長職に就いてもう十二年になるがまったく気づくことができなかった。耄碌《もうろく》したワシを許してほしい」

そう言って深々頭を下げてくるので、僕も大混乱！

「謝らないでください！　ギルドでの小さなことなんて議長さんが気づけるわけありませんし！……それに、僕も悪いんです。無能な自分が虐げられるのは当然だって諦めていましたから」

それで声も上げなかった。

抵抗することもしなかった。

「今は違うかね？」

「はい」

どん底に落ちてから出会った多くの人々が、僕に価値を与え、僕に自信を与えてくれた。

彼ら彼女らのお陰で、こんな僕にもできることがあり、世のため人のために役立てると教えてくれた。

その人たちに恩返しができて、僕はとても嬉《うれ》しい。

「若者は活気があっていいのう。バーデング殿、アナタの若い頃を思い出しますな？」

薬師協会長さんは話を振られて取り乱す。

「ご冗談を。あの年頃の私に比べれば、今のエピクくんの方がよっぽど人間が出来ていますよ。当時の私は、まだまだガキ大将気分が抜けていませんでしたから」

「そんなガキ大将が今ではこんなに立派になって。やはり若者の成長を見ることがジジイの何よりの楽しみですのう」

「ぐふ……!?」

薬師協会長さんがタジタジになっている。

やはりこの議長さん、一筋縄ではいかない……？

「わ、私のことなどよりも今日の英雄を讃《たた》えようではないですか。……皆さん、彼の名はエピク！　魔の森の火事を最小限にとどめてくれた功労者です！」

群衆に向けて言い放つ薬師協会長さん。

いまだ百人以上の住人が詰めかけ、その視線が一身に集中している。

「どうか彼に惜しみない拍手を！　感謝の言葉を！　彼はこれまで報われることの少ない若者でした！　今こそ我々全員で力いっぱい讃えようではありませんか!!」

その呼びかけと同時に割れんばかりの拍手が巻き起こった。

「ありがとうー！」

「お兄ちゃんカッコいい！」

「この街に新たな英雄が誕生じゃ……！」

「アタシのお店に飲みに来てー！　タダにしとくからーッ!!」

こんなに多くの人が、僕のことを認めてくれる。

感動して泣きそうになってしまった。

これまで皆のために働いてきて本当によかったと思える。

今まで味わったことのない充実感と共に、魔の森炎上事件は想定の被害よりも遥《はる》かに少ないまま幕を閉じた。

冒険者ギルドにも今回ばかりは各方面からのツッコミが入って無事に済ますことはできないだろう。

放火を実行した冒険者たちも、指示したギルドマスターも相応の償いが求められることだろう。

僕としては街から不安要素が取り除かれて、より住みやすくなることを願うばかりだ。

◆

が。

僕たちは油断していた。

鎮火して、その犯人を追い詰めて、それで終わりだと思ってしまった。

直近の教訓を何も活《い》かせていなかった。

愚者とは、賢者には想像もつかないほど愚かなことをするから愚者だということを。

ついさっきその実例を見せつけられたのに、もう忘れてしまっていた。

凶報がもたらされたのは薬師協会本部。

帰宅しても特に何もないので、お疲れ様会ということでスェルたちと一緒に夕食をとっていた時だ。

街の衛兵さんが駆け込んできて、緊急事態というから詳しく聞くと、拘束されていたはずの冒険者が逃亡したという。

「ガツィーブという名の冒険者で……」

「あの人が!?」

ここまでならばまだ話は簡単だった。

もはや放火犯として紛れもない罪を持ったガツィーブ。彼が姿を消したところでただの逃亡犯に過ぎず、いずれは再び逮捕されて余罪が増えるだけに過ぎなかった。

しかしそんな悠長なことを言っていられない情報が追加された。

「彼はどうやら……魔の山を目指しているようなのです」

「魔の山!?」

魔の森よりさらに奥にあるという最凶の魔域。

そこに住む怪物はいかなるモンスターよりも恐ろしいとか。

「ガツィーブとやらは去り際に言ったそうです。『魔の山の主を狩り、オレこそが最強冒険者だと証明する』と。さらには同時期にギルドマスターまでもが行方をくらませて……!」

「マズい……！　マズいぞ!!」

一緒に報告を受けていた薬師協会長さんが立ち上がった。

「もしソイツが、山の主のところまで辿《たど》りついたら……。百パーセント討伐は不可能だろう。しかしそれによって山の主の怒りを買うことになる！」

「そ、そうなったら……!?」

「たった一人の愚か者の報復のため、街が全滅することもあり得るぞ！　それだけは絶対にいかん！　エピクくん!!」

薬師協会長さんから呼ばれた。

「すまないが今すぐ追ってくれないか！　魔の山までの途中にある魔の森の地理に今もっとも詳しいのはキミだ！」

「わかりました！」

断る理由もない。

あの薬師協会長さんが死ぬほど慌てているんだ。本当にヤバい事態だと肌で感じた。

「これを持っていきなさい」

そう言って渡されたのは……何？

このカサカサした、生き物の皮みたいな……!?

「蛇の、抜け殻？」

「魔の山に住まう主の一部だ。これを持っていれば道中モンスターに襲われることはない。主の気配を感じ取って怖気《おじけ》づくからだ」

そんな大層なものを、何故《なぜ》薬師協会長さんが!?

「この街の実力者は何人か持っている。何かの理由で、主に挨拶しなければならなかったりするからだ。いわば主へのお目見えのための通行証と言ったところだ」

そんなものがあるってことは、この街と山の主の関係は僕の想像する以上に密ってこと？

「そしてここからが問題だが……ギルドマスターも、これを持っている」

「どうして？……いやギルドマスターもこの街の実力者か」

「そういうことだ。ギルドマスターも同時に消えたということは繋《つな》がりのある可能性が高い。たとえD級の小僧でも通行証を持っていたら容易に主の下まで辿りつけてしまう。そして即死級の無礼を働くことだろう」

恐るべきはガツィーブが山の主を倒すかどうかじゃなく、山の主の怒りを買うこと。

それは確実に街の滅亡に繋がる。

それを阻むために、今は全力で魔の山に向かわなければ！

◆

そして急いでやってきた。

魔の山。

魔の……森ではなく、山。

魔の森のさらに奥深くへ分け入り、絶対に越えてはいけないという境界を越えた先の領域。

僕らの住む街では禁断の地とされ、たとえ冒険者であっても踏み込んではダメ。

そんなところに僕は今訪問しております。

僕は許可とったけどね！

「一刻も早くガツィーブを見つけ出さないと……」

僕がここへ来た目的は、先んじて魔の山に侵入した冒険者ガツィーブに追いついて、捕まえること。

ヤツがこの魔の山に住む『主』というのにケンカ売ったら大変なことになるらしい。

その主の怒りを買って、落とし前に街丸ごと滅ぼされるとか。

恐ろしい連帯責任。

だからそうなる前にガツィーブを止めるか、間に合わなかったら僕が代表して全力謝罪し事なきを得るのがいいと思う。

下っ端人生十年以上。謝ることには自信がある。

「街のためにも頑張りましょうねエピクさん!!」

「なんでスェルまでいるの？」

今さら聞くのもなんだけど。

いや、街から出発する時スェルから言い出したんだよね『私も行きます!!』って。『何かお役に立てることがあるかも』って。

それ自体はスェルのいつもの献身的行為なんで、それでもどうなるかわからない今回は丁重にお断りしようとしたんだが、そう言う前に薬師協会長さんにＯＫ出されてしまった。

保護者から許可もらえたら行くしかない。

薬師協会長さんも正気を疑うような対応だったが、たしかこんなことも言っていた。

『スェルが同行すれば事態が好転するかもしれない』と。

協会長さんには協会長さんで考えることがあるのだろう。

その証拠にA級冒険者リザベータさんも『一緒に行くわ！』と便乗しようとしたが、そっちは断固として阻止された。

なので現在、魔の山領域を進むのは僕とスェルの二人のみ。

初めて入るエリアなので警戒は充分していたものの、思ったよりサクサク進む。

「まあ実際に進みやすいからなあ」

魔の山って、名前だけにおどろおどろしい険しいところを想像してたんだけど、実際に登ってみたらビックリするぐらい清浄だった。

山だけあって空気は澄んでいるし、生い茂っている草木も瑞々《みずみず》しい。あッ、あんなところに野の花が。

小鳥のさえずりが聞こえてきた。

「なんかのどかですねえ、ピクニックしている気分です」

「本当はただ歩いているだけでも命に係《かか》わる魔境なんだけどねえ……」

ついさっきも襲われたらまず全滅間違いなし（スキル不使用で）と思えそうな巨大モンスターとすれ違った。

ソイツはこっちの存在に気づいていたけど、一瞥《いちべつ》しただけで身を伏せ、自分から遠ざかっていった。

このヘビの抜け殻のお陰なんだろうかなあ……。

魔の山の主へ拝謁するのに必要な通行証だとか言っていたけど、本当に凄いものだ。

魔の森を通過した時ですら一回もモンスターに襲われなかった。

襲われたとしても『消滅』スキルを使えば切り抜けられたんだろうけれど、それでも手間はかかるし、スキルを使えば疲労もする。

急いでいる時には本当助かる。

「問題は……ガツィーブもこれを持っているってことなんだよな」

本当なら、ガツィーブの実力を考えれば魔の山まで到達するのなんて不可能だ。

絶対途中で食われて死ぬ。

だから主の下へ到達するなんてとても無理だろーと安心したいんだが、この抜け殻があればたとえ一般人でも到達できてしまう。

だからこんなに慌てているんだ。

「主の下に行っちゃう前になんとか捕まえられたらいいんだけど……」

「エピクさんここじゃないですか、主の住んでいるところって」

到着してしまった……!?

そこに来てまでガツィーブを発見できなかったということはもう既に……!?

いや！　そうとは限らない！

主の棲《す》み処《か》というのもスェルからの報告で、もしかしたら彼女の勘違いということもあり得るじゃないか!!

「どうしてここが主の棲み処だと思うんだい!?」

「だってお城ですから」

ホントだ……!?

山の頂上と思《おぼ》しき最高に見晴らしのいい地点に、いかにも豪華なお城が立っている。

「こんな辺鄙《へんぴ》なところに城……!?」

生まれ育った街以外を知らない僕には比較対象がないが、これ王様が住んでそうな立派なお城だよ。

これ絶対住んでいる。

ボス的な存在が絶対住んでいる……!?

ここまで大仰な佇《たたず》まいで中にいるのが普通の人とか考えられない!?

「とりあえず入ってみようか……？」

「ですねー」

ここまで来といて挨拶なしに済ませるわけにもいかない。

僕は意を決し、大声を上げてみた。

「ごめんくださーい！　どなたかいらっしゃいませんかー!!」

挨拶、大事。

黙って入れば侵入者確定だが、とりあえず訪問の意志を示しておけばあとでいくらでも言いわけがつく。

……で。

「返事がありませんね」

「では仕方ない、中に入って探索してみるか」

応えてくれなかったんならしゃーない。

様子は窺《うかが》ったんだから無断で入ったことにはならないよね、ね？

『待つがよい』

「うわぁッ!?　時間差で来た!?」

入ろうとしたところで出てくるとは卑怯《ひきょう》な!?

お城の上の方から舞い降りてくる純白の翼。両翼の中心にあるのは四本足の逞《たくま》しい馬身。

……あれ？

「ペガサスじゃないか？」

『思ってもみぬところで会うな。いずれは恩返しのために出向くつもりだったのにそちらから来たか』

この見覚えのある有翼白馬はペガサス。

いつぞや森で出会い、怪我《けが》しているところを助けてやった。

「わーペガサスさん、また会えた!!」

『これはスェルよ！　今日も変わらず美しいな！　また会えて私も嬉しい!!』

そして恐らく変態。

ここでペガサスと会えたってことは……!?

「ひょっとしてペガサスが魔の山の主なの!?」

そうだったら話は早い！

ペガサスとは初対面でないだけに気安さもあるし、何より恩があるから話も運びやすい!!

『いや違うが』

そんな僕の甘い考えが粉砕された。

『私は、この霊山の支配者にお仕えしている。お前たちが山の主を訪ねてきたのなら、主はこの城の奥で待っておられる。入って拝謁を賜るがいい』

ペガサスって聖獣って言われてなかったっけ？

聖獣を従えているって、魔の山の主ってますますとんでもない存在なのでは？

「あの……、山の主が〝待ってる〟というのは……!?」

『用件は予想できているからな。どうせ先にやって来た狼藉者《ろうぜきもの》に関してだろう？』

ペガサス、城内でもかまわずパッカパッカと蹄《ひづめ》を鳴らす。

それを気にする余裕もなく、僕はペガサスの告げた事実に硬直した。

「狼藉者……!?」

『主が預けた体の一部を使い、ここまで侵入を果たし主のお命まで狙ってきた慮外者。お前たちはその申し開きに来たのではないか？　我が主は慈悲深いからな。滅ぼすにしても言いわけを聞いてからだと仰《おっしゃ》られている』

ガツィーブ、既に到達していた……!?

何でこういう時だけ迅速なんだ？

もう僕たちの街は終わった……！　いや、何とか平謝りして、それでもダメなら命に代えても止めてみせる。

「あの……主さん怒ってるんですか？」

不安げに尋ねるのは一緒に城内を進むスェル。

「もしそうなら私も一緒に謝りますんで、せめて街の人たちは無事なようにしてくれませんか？　ペガサスさんならとりなしてもらえます？」

『うむ……お前たちには命を救われた恩があるからな、できる限り協力しよう』

やっぱりスェルには優しい。

『しかしあまり期待してくれるなよ。私ごときが主の意思を変えるなど至難の業。主は私より遥かに高位の存在。あの御方《おかた》が滅ぼすと決めれば、それを覆すのは竜を打ち倒すより難しいことよ』

聖獣であるペガサスですらそんなに投げやりになる相手って……。

一体どんな怪物？

『そろそろ謁見の間だ。慈悲を乞うならゆめゆめ失礼のないように』

回廊の突き当たりにある、大きな扉がギギギと開く。

そしてペガサスが恭しく言う。

『偉大なる我が主メドゥーサ様、客人を連れてまいりました』

あれが、魔の山を支配する怪物？

それは僕が想像したように、巨大でもなければ恐ろしげでもなく、ましてグロテスクでもなかった。

すべて想像の正反対だった。

美しくて清らかで、それでいて見惚《みと》れるほどに艶《あで》やかだった。

訪れた城内の、比較的大きな広間。

その奥で玉座にもたれかかるのは人間の女性だった。

真っ黒いドレスに真っ黒い髪。

その黒尽くしが艶《なま》めくのは、まるで星空煌《きら》めく夜空のようだ。

「うわー、綺麗《きれい》な人……!?」

スェルも同じ印象を持ったようだ。

あんな綺麗な女性が、魔の山……及び魔の森、さらには僕たちの住む街まで支配域に治める恐ろしい怪物だと？

『女神メドゥーサ様である。首を垂れて礼を尽くせ』

「は、ははー!!」

頭を下げることなら大得意。

僕は言われた通りに跪《ひざまず》き、スェルもそれに倣った。

「こら駄馬」

『ははッ!?』

ペガサス、呼ばれてビクリとする。

「『女神』ってのはやめなさいといつも言っているでしょう？　そんな仰々しくて気取った呼び方をされるとむず痒《がゆ》くなるわ」

『それではなんと……!?』

「そうねえ、下界の者たちが言う『怪物』というのも恐ろしげでいいけれど、もう少し艶っぽさも欲しいわねえ。……『魔女』、私のことは魔女メドゥーサとでも呼んでちょうだい。お客さん？」

俺たちに言ってるんだよな？

『わかりました』と言う代わりに頭をブンブン上下に揺らす。

「しかし、下界の人間も随分無礼になったわねえ」

一転、話が不穏当になり始める。

「まあ私を狙おうなんて命知らずは昔からいたわよ？　そりゃ何百年も前から、身の程知らずのバカはいつでも一人はいるものよ。でもそのバカの後始末のためによこされたのがこんな子ども二人とはね」

あっ……。

どうやら女神様、訪ねてきた僕たちの年格好に御不満らしい。

「この時代の大人どもは何やっているのよ？　全責任をこんな子どもに押し付けて自分たちはヌクヌクとしているつもり？　下界の人間どもも随分腐ったようね。これはもう一人残らず根絶やしにしても惜しくないパターンかしら？」

「ま、待ってください!!」

あの黒い美女の言葉は、字面の厳しさだけでなく声音にもハッキリとした強さがこもっている。

一度言葉にしたことは実行するというたしかな強さが。

だからここで怯《ひる》んではいけない!!

「たしかに僕らは幼いです！　ですがちゃんと理由があって選ばれました！　まず第一に、ここに来た人を捕まえるためです！」

「ふうん、あの刺客にもならないチンピラのことね」

ガツィーブ、やはりここまで来てしまっていたか。

あの黒い美女も思い当たる節があるようだし。しかし彼女にまったく傷もなく、今こうして佇んでいるということは……。

彼はもう……!?

「随分と歯ごたえのない襲撃者だったわ。これまでも身の程知らずはたくさん来たけれど、それなりに歯ごたえはあった。今日来たヤツはその中でもダントツに弱かったわ」

「それでも山の主さんに迷惑をかけないよう、確実に取り押さえられる人材が追っ手に選ばれました。それが僕です！」

「あら可愛《かわい》いお顔なのに随分勇ましいわね？　お強いってことかしら？」

「はい……!!」

気張れ僕。

無難に謙遜している場合じゃないぞ。

ここは全力で自分の価値をアピールしないと、この超常的存在は納得しない。

納得しなければ、本当に彼女は街を滅ぼしに動くかもしれない。

それぐらい強大で、人間の常識が通用しない相手なんだと肝に銘じろ！

「僕が……、僕が今、街で最強の冒険者ですッ!!」

言った……！

大それたことを言ってしまった……！

しかしこれぐらい言わないと、黒い美女さんは『舐められている』という印象をぬぐってはくれないだろう。

強大な存在とのやり取り……疲れる！

「見かけによらないってことねアナタ」

黒美女の視線がすうと冷たくなった。

あれ僕、言葉を選び間違えた？

「では一旦試させてくれないかしら？　アナタの強さがどれほどのものか？」

なんだ？

あの美女の、艶めく黒髪がうねっている？

何も触っていないのにひとりでに、まるで髪そのものが生きて意思を持っているかのようだ。

やがて束になった髪の先端が持ち上がり、僕たちへ向かって鎌首をもたげた。

筆先のようにまとまった髪の端は……特徴的な形をしていた。

まるで蛇の頭のように。

いや、まるで蛇の頭そのものだ。

『メドゥーサ様お待ちを！　この者たちは!!』

ペガサスが慌てた声を上げる。

それと同時に僕の皮膚を、今まで経験したこともないおぞましさが襲った。

なんだこの怖気《おぞけ》は!?

それと同時に、髪が変化した蛇の瞳が光る。

何かがヤバい、と直感した僕は……!

「『消滅』!!」

反射的に消滅スキルを放った。

あの黒美女を攻撃するためじゃない。

自分の前面に広い範囲を覆うように展開させた。言うなれば『消滅空間』の壁……もしくは盾だ。

スェルもしっかりカバーできる『消滅空間』の壁で、光の速さで迫りくる何かを完全遮断した。

パァンと原理不明の甲高い音が鳴る。

「あら」

それを見て黒美女は間の抜けた声を発した。

「凄いスキルじゃない。私の邪眼が発した呪力までも『消滅』させてしまうなんて」

やっぱり何かしてきたのか。

危なかった。訳がわからなくても咄嗟《とっさ》に対応しなかったら僕もスェルもどうなっていたか……!?

『お戯れはおやめください！　私の恩人ですぞ！』

「何それ？」

『ご報告したではありませんか！　先日アナタ様の命を遂行中に不覚を取り、死命に関わる負傷を彼女らが癒《いや》してくれたのです!!』

「冗談はヨシ子さんよ。聖獣のアナタを治せるなんて人間には不可能じゃない」

『ですから……!!』

ペガサス、慌てたり怒ったりしながら主たる黒魔女にパッカパッカ近づき、耳元へ馬首を寄せる。

馬が耳元で囁《ささや》くって、なんか変な絵面だな。

「あー、はあはあそういうこと……！」

黒美女は得心顔となって……。

「それなら私の邪眼をも遮断したとて納得ね。ふむふむ……じゃあそっちの子は……」

「はいッ!?」

黒美女の視線が突如ずれ、スェルの方へと向かう。

大丈夫か!?

「アナタね、ウチの子の怪我を治す薬を作ってくれたのは？」

「ひゃ、ひゃい！　スェルと申します！」

なんだか空気は柔らかくなってきた気はするが、気は抜けない。

彼女の髪が変化した蛇は、まだチロチロ舌を出しながらこっちを窺っている。

「そう警戒しなくていいわ。アナタの実力はさっきのでわかったから。なるほど追跡者としては充分すぎる資格があるようね」

「一体何をしたんですか……!?」

「気になる？」

気になるというか……、知るのが怖いというか……!?

『消滅』で遮断していなかったら、致命的なことになっていたって直感でわかるのよ。

だからあえて聞きたくないというか……!?

「気になる気になる？　アナタたちが知りたいことにも関わりがあるからどっちにしろ、わかっちゃうわよ？」

「どういうこと？」

「あれを見れば一目瞭然ということよ」

あれ？

黒美女さんに差し示されて初めて気づく。

謁見が行われるこの部屋の隅に、一つの彫像が置かれていることを。

人を象《かたど》った石の像だ。しかも男。

しかしこの男の姿、どこかで見たような……。

……あ。

「ガツィーブじゃないか!?」

何でガツィーブの石像なんかができているの!?　しかもコレ、まるで本物のようにソックリ。

芸術は素人の僕ですら一目でわかるレベル!?

「もっと近づいて、その像の叫びに耳を傾けてみなさい」

「いや僕そういう芸術的感覚は持ってなくて……」

「そういうのじゃなくて」

言わんとすることの意味がわかりかねたが、言われた通り近づいてみるとそれだけでわかった。

実際に石像から聞こえてくるのだ、魂の叫びのようなものが。

『助けて！　助けてええええッ!?　体が動かない！　指一本動かせない！　何も感じない何も見えない何も聞こえない!?　おかしくなる！　頭がどうにかなっちまう!?　助けてくれ、もういっそ殺してくれえええええッ!!』

これは!?

石像から聞こえるあまりにも悲痛な声に、背筋がゾワゾワした。

「それが我が邪眼に魅入られた者の末路。全身が石と化し、物言わぬ石像と化してしまう」

面白いものを紹介するように黒美女は言う。

「しかし意識がなくなるわけじゃないのよ。石と化し、体も動かずすべての感覚も封じられたまま時間の流れだけを感じ続ける。常人であれば三日ともたずに気がふれるでしょうね。アナタたちも邪眼を防がなければ、同じ目に遭っていたのよ」

石化の能力……!?

なんと恐ろしいと心から思った。

生きている者を石に変える能力。

そんな能力を持ったモンスターなど今までに出遭ったこともないし、聞いたこともない。

石像にされたガツィーブは果たして元に戻るのか？

よしんば戻ったとしても五感を封じられたまま長時間放置されたことで、擦り切れてしまった心は復活するのだろうか？

これを行えるメドゥーサという怪物は、心底恐ろしいバケモノだと疑いようがなかった。

「私の石化能力が防がれたのは本当に久しぶりよ？　そうね、ここ五世紀はなかったんじゃないかしらね」

「えッ!?」

驚いた。

何でかというとすぐ背後にメドゥーサがいた!?

急に耳元で声がしたと思ったら、背後から抱きすくめられている!?

いつの間に!?

ついさっきまで正面の玉座にいたのに!?

「アナタとは戦わない方がいいかもね。アナタの『消滅』の力をまともに浴びれば、いかにこの私といえども命はないわ」

そう言う頃にはまた玉座へと戻っていたメドゥーサ。

ヤバい。まったく動きに追いつけない。

むしろ僕の方が、あのメドゥーサと本格的な戦闘になったらと想像しただけで脂汗が止まらない。

僕の『消滅』スキルは、たしかに飲み込むものすべてを問答無用に消し去れる。

だが逆に言えば『消滅空間』に触れさえしなければ無事なのだ。

今のように僕の感覚に追いつかれることなく、視線を浴びさせるだけで石に変えられるメドゥーサに、僕の能力がどこまで通じるだろうか？

勝てないかもしれない……！

そんな感覚を持ったのは生まれて初めてだった……！

「安心なさい。私もアナタと戦うつもりはないわ」

心を読まれた!?

「アナタのスキルは、この私を殺しうる数少ない可能性の一つ。人間たちに授けられたスキルは数千種類あるけれど、その中でユニークスキルという性能と希少性に遥か優れたものが、ほんの数十……」

その中の一つが、僕の『消滅』スキル……!?

似たようなことは以前聞いたことがあるけれど……？

「いいえ、アナタの力はそのユニークスキルよりさらに希少。たったの数種類しかない、その力によって神をも殺せる猛威。それはもはや『神威』と呼ばれるほどの力よ」

メドゥーサは、玉座のひじ掛けにもたれかかりながら言う。

「私だってそう安易に戦いたくないのよ。こんな間抜けを巡ってアナタのような怪物を敵に回すなんて愚かすぎるわ」

「怪物って……!?」

怪物に怪物と言われた。

「それに……、スェルと言ったわね、アナタはバーデングの娘でしょう？」

「は、はひッ!?」

急に名指しされてスェルは挙動不審。

「そ、そうです！　薬師協会長バーデングの娘のスェルです!!」

「薬師協会長？」

何故かそこに注意が向かうメドゥーサさん。

「どういうこと？　バーデングは冒険者ギルドマスターじゃないの？」

「は？」

何故そう思う？

「いいえ、今の冒険者ギルドマスターは街の外から出向してきた人です。今は行方不明中らしいですが」

「それでバーデングは薬師の長《おさ》に？　そうなの、うふふふ……！」

何か愉快だったのか、メドゥーサ様は俄《にわ》かに笑う。

「そりゃ笑うわよ。かつて私の前に現れた時バーデングは冒険者だったんですもの」

「そうなの!?」

唐突に告げられた事実に衝撃を受ける。

それ本当？　僕たちの知る薬師協会長さんと同一人物なの？

「アイツの才覚なら冒険者どもの長になるなんて当たり前だと思っていたけど、まさか別の組織の長になっていたとはね。お陰で少し怒りも紛れたわ。バーデングのヤツ、自分の犯した間違いを部下に繰り返させるなんて、私のことを相当舐めていると思ったものだから……」

そう言ってメドゥーサ様、その指に挟んだものをピッと示す。

何を挟んでいるかと思いきや、その薄くてカサカサとした質感のものは……。蛇の抜け殻だった。

「その抜け殻は……!?」

「そこの愚か者が持っていたわ。こんなザコがここまで辿りつくには、これでもなければ到底不可能だしね」

あの抜け殻はメデューサ様の体の一部。

あれがあればメドゥーサ様の支配下にあるこの辺一帯のモンスターは襲ってこないと言うが……。

「言っておくけど返さないわよ。私の暗殺のために使ったんですもの。まさかアナタたちもそこまでムシのいいことは言わないわよね？」

「もちろんです！　けっこうですお納めください!!」

状況から判断するにあれはギルドマスターが持っていた抜け殻。

街の実力者は、メドゥーサ様への謁見のために数人が所持していると聞いたが。しかしこれでガツィーブ暴走にギルドマスターの関与が完全確定した。

「私はこれでも命の危険にさらされたのよ？　しからばとるべき反応は徹底した報復。二度と不埒《ふらち》な考えを持たぬよう関係者に至るまで殺し尽くさなきゃと思っていたけれど……！」

怖いことを言う山の主様。

しかし穏やかな視線で僕とスェルを眺め……。

「……そうね、許してあげるのも吝《やぶさ》かじゃないわ。恐るべき『神威』の使い手と、ウチの可愛いペガサスを救ってくれた恩人が並んで頼むのなら」

「ありがとうございます！　ありがとうございます！」

「でもそうしたら折角《せっかく》用意したプレゼントが無駄になるわねえ」

「え？」

空気に、不穏が混じり出す。

「我が命を狙った不敬者たちへの素敵なプレゼント。そうね、すべてを不問にふす条件に、コレの後始末をアナタたちにつけてもらおうかしら？」

その時だった。

僕たちが会談を行う大広間の片隅で、ドン！　ドン！　と禍々《まがまが》しい空気が炸裂《さくれつ》を起こしたのは。

その異様さに僕もスェルも注目せずにはいられなかった。

するとそこにいたのは……。

「ガツィーブッ!?」

石化されたはずのガツィーブが、異様な変化を始めていた。

いや変容？　変質？

石化は解けていないのだが、石化したままその形が凄《すさ》まじいまでに変わっている。

彼の腕や足は石のまま、岩石のように大きく太くなっていく。

表面に亀裂が入り、その亀裂から新たな石が生まれ出て、また亀裂が入り……。

それを繰り返すようにして石像ガツィーブの体積は増し、どんどん肥大化していき……。

そして、あっと言う間にガツィーブは元の形をとどめないほどの……巨大で醜い岩石巨人へと転生した!?

『メドゥーサ様が拵《こしら》えしストーンゴーレムだな。人の魂を核とした』

ペガサスが解説ごかしに言う。

『魔女たる御方の魔力を加え、通常のゴーレムより遥かに強力となっている。お前たちが詫《わ》びに来なければ、そのまま下山させて街を襲わせる予定だった。そうなっていたらお前たちの街は全滅だったろうな』

ペガサスの説明は脅しでないとすぐわかる。

このゴーレムが放つ威圧感、森でよく遭うマジョロウグモなんぞより遥かに禍々しい。

つまりこのゴーレムの強さは、A級相当のモンスター以上!?

「直接無礼を働いたヤツを材料にして落とし前をつけさせる。いい趣向でしょう？」

メドゥーサ様が玉座にいるまま微笑《ほほえ》む。

まさに超越者の嗜虐《しぎゃく》の笑顔。

「せっかくだからアナタたちでソイツを止めてみなさいな。できれば今回の無礼は許すとしましょう？」

「くそッ！」

ガツィーブが変化したゴーレムは既に動き出して、俺たちへ向けて、その大きな腕を振りかざしていた。

樽《たる》ほどの太さのある、宮殿の柱のような腕だ。

ガツィーブめ、あんなに肥え太りやがって。あんな巨岩拳に殴られたら人間なんて間違いなく粉々だ。

「『消滅』ッ!!」

しかし僕には『消滅』スキルがある。掛け声とともにゴーレムの腕が瞬時に消え去った。

「やっぱり恐ろしいわね、あのスキル。私の魔力を付加した石体すら問答無用とは」

『本当ならば、あのストーンゴーレムにはミスリル製の武器でも傷を負わせられないというのに……』

メドゥーサ様とペガサスが、何か観戦者気分で言っているが、そんなことに耳を貸している余裕はない。

振り下ろそうとしていた片腕だけでなく、もう一方の腕……さらには両足までも『消滅』させ、胴体のみとなったゴーレムが転がる。

こうなってしまうと恐ろしい石巨人も形なしであった。

あとはこの胴体を消し去ればスマートに勝利だが……。

『助けて……助けて……ッ！』

胴体部分に、染みのように浮かぶ人の顔。

ガツィーブだ。

ゴーレムの素材にされ、石の中に取り込まれた哀れな男が苦悶《くもん》の表情だけを岩肌に浮かべている。

彼は生きていると言えるのだろうか？

体を石に変えられ、その原形もとどめないような姿になって。

彼にどんな感情を向けていいのか今の僕にはわからない。

少なくとも親しみはない。

冒険者ギルドにいた頃は散々見下されていた。僕がギルドを追放されてからもペガサスを襲ったり森に火を放ったりとトラブルの元にしかならなかった男だ。

彼がこのような姿になったのも因果応報。むしろ彼の愚行で街が滅びかけたのだから誰もこの末路に同情すまい。

僕がもう一度『消滅』スキルを発動すれば胴体も綺麗サッパリ消え去る。

彼の存在も金輪際となるのだろうが……。

『ぐぉおおおおおおおおッッ!!』

そうこうしているうちに相手の行動を許してしまった。

消し去ったはずの手足が再生する!?

相手は魔力を伴ったストーンゴーレム。しかも人の魂を核にしている。

手足もいくらだって生え変わるし、傷も自動修復するんだろう。

「しくじった……!?」

ちょっと迷っているうちに再生を許してしまうなんて。

しかしその程度の逆転は流れを変える契機にもならなかった。

すぐさま『消滅』スキルを放って生え変わったばかりの石手足を消し去る。

『一秒ももちませんな。やはり「神威」持ちを相手に人触媒のゴーレムなど相手にもなりません』

「でもまた手足だけ消したわよあの子。本体が埋まっている胴部さえ消してしまえばすぐ済むのにねえ」

ペガサスとメドゥーサ様がのんびり言うが……。

クソ、やっぱり核の部分を叩《たた》けば倒せるとかそういうシステムなのか？

そしてこの場合核とは、石化されたガツィーブのこと。

ガツィーブさえどうにかしてしまえば、このゴーレムは止まり、街の危機も回避されるだろう。

しかしそのためには……。

『助けてくれぇ、エピクお願いだ、助けてぇ……！』

「ふざけるな！　アンタのせいでどれだけの人に迷惑がかかったか!!」

僕がギルドにいた頃からアンタには見下され、いじめられてきた。

でもそんなことはどうでもいい。アンタは他の人たちにまで威張り散らして、実力に見合わない無茶《むちゃ》までして、自分でも負いきれないしっぺ返しを周囲にまで溢《あふ》れさせた。

今だって、このゴーレムを止められなかったら街まで襲いに行くんだ。

それだけは断固阻止しないと!!

ストーンゴーレムの両手足、それに頭部まで『消滅』させた。

もう何度目だろう。

繰り返すのは僕の覚悟の足りなさゆえ。でも今度こそ僕は迷わない。

ガツィーブ！

僕には、お前よりも大事な人たちがいる！

その人たちのために人殺しの罪も恐れない！

「エピクさん！」

最後の『消滅』をストーンゴーレムに叩きつける直前、呼びかける声に振り返る。

「スェル!?」

いつの間にかスェルがすぐ背後にいた。

その手には、革袋が。

タプタプと質感をもって、何かの液体で満たされているのは外側からでもわかった。

その液体を……！

「これを！」

ほとんど人間大にまで削り消したゴーレム胴体に、浴びせかけられる。

なんの液体だ？

ただの水でないことはたしかだ。

手足を失い、ただの塊のようになった石がそれを浴びると、たちまちジュワジュワと煙を立ち上げ、目も眩《くら》むほどになった。

石塊はモゾモゾと気持ち悪く脈動し、やがて石の無機質な灰色が、生命感のある肌の色へと変わっていった。

そして人の形に……。

「ガツィーブ」

最後には、精魂尽き果てて床に倒れる一人の哀れな男だけが残った。

石化が解かれたのか？

スェルの浴びせかけたもので……？

「石化解除薬です」

疲労しながらも清々《すがすが》しい表情で言うスェル。

「大急ぎで調合しましたけど間に合ってよかったです……。こんなヤツのためにエピクさんが心を削らなくてもいいわ」

この短時間で石化を解く薬を一から作ったって？

さすが薬師協会長の娘……!?

『メドゥーサ様による石化は、人ずれの作り出す薬などで解除できるわけがない。私を癒す薬を作れないのと同じように……』

「しかしその不可能を二度、あの娘はやってのけた……」

『メドゥーサ様、この戯れは「神威」使いの少年だけでなく、彼女をも？』

「クズを使って一挙両得。いい考えだったでしょう？」

メドゥーサ様とペガサスが何ぞや話し込んでいるが、その会話内容を吟味する余裕は僕たちにはない。

「言われた通りガツィーブを止めましたよ。これで……」

「ええ、魔女は約束を破らないわ」

よかった！　これで！

僕たちは無罪放免！　街は救われたということで!!

「舐められるなんて嫌だから、本当はなあなあになんかしたくないんだけどね。だからこそ……」

メドゥーサ様がパチンと指を鳴らす。

それで何が起こったかというと……。

「えッ？　ガツィーブ!?」

生身に戻ったガツィーブ。まだ意識を失い床にうつ伏せに倒れていたが、その姿が一瞬のうちに影も形も残さず消え去った。

「これは、まさか『消滅』!?」

「簡単にアナタと一緒にしないでほしいわね。それに死んでもいない。今のは転移よ。私の魔力で彼の身柄ごと遠くへ飛ばしたの」

「遠くへ？　どこに？」

「彼の願いが叶《かな》う場所よ」

それってどこ？

不安を解消するためにももっと詳しく聞きたかったが、あまりしつこくしてメドゥーサ様の機嫌を損ねるのも悪手なので切り込めなかった。

せめて僕らの迷惑にならぬことを祈るばかりだった。

「これでもう用は済んだでしょう。さあお帰りなさい。街を滅亡の危機から救った英雄としてね」

『我が主、しかしながら……』

帰宅の許可までもらえて万事解決といったところで、ペガサスがなんか言おうとしている。

もういいよ、このまま無事帰らせてくれよ……!?

「わかっているわ。数百年に一度というほどレアな『神威』の使い手に、寄り添う巫女《みこ》。これだけの逸材が揃《そろ》っているなんて運命の作為を感じるわね」

「であれば、今ここで伝えるべきことを……」

「いいじゃないの。二人だってこの世界に生まれてきた人間であることに変わりない。ならば少しは人生を楽しむ時間があっても。ただでさえあの年頃は青春とかいって浮かれる時期なんですからね……」

メドゥーサ様が僕たちを眺める表情は、それこそ女神のようだった。

人を慈しんで見守る神のようでもあり、人の運命を弄ぶ神のようでもあった。

◆【ギルドマスター視点】◆

エフィリット街の冒険者ギルドマスター、ギズドーンはもはやギルドマスターではなかった。

もはやその肩書きに一片の未練もないギズドーンであった。

かつては自分の支配したギルドを世界一に押し上げようとした情熱も、今は微塵《みじん》も残っていない。

数々の困難、障害に見舞われて彼の向上心はすっかり萎えてしまったのである。

元来挫折には弱いタイプだった。

思い立ったら即行動。引き継ぎも辞職願もせずすべてを放り出して街を出る。

すっかり日が暮れた頃に馬車を降りると、そこはもうエフィリット街から遠く離れた別の街だった。

「グヘヘヘヘヘ、ここまで離れれば追ってこれまい」

いや、それ以前に自分を追う余裕などあの街にはないだろうと元ギルドマスターは考える。

魔の森炎上事件のため彼自身衛兵に監視され軟禁状態にあった。

そこから逃れるためにも策が必要であり、それが冒険者ガツィーブをけしかけることであった。

あの街に伝わる伝説……絶対に触れてはならないという不文律はギズドーンも聞き及んでいた。

くだらないことだと思う。

見たこともない山の主ごときに何故街の重役どもが揃って恐れ従わなければならないのか。

いずれはその山の主すら我が手で打ち倒し、新たなる伝説の主人公になろうと模索していたギズドーンであったが夢は儚《はかな》く破れる。

ならば別の方法で利用してやればと思った。

ギズドーン自身は気にしていなくても、街の重役どもは揃って山の主とやらを恐れ、警戒している。

迷信に囚《とら》われた田舎者どもめと思うが、今はその迷信を突っついてやるのが都合がよかった。

役立たずのガツィーブをけしかけ、山の主へ向かわせればきっと大慌てでそちらへ注目するだろう。

ギズドーンが逃亡するのに充分な隙となり、実際こうして見事に逃げおおせたのであった。

「さすがオレ様……！　窮地の時でも機転は衰えぬわ……！」

馬車を降り、その街の宿屋へと向かう路地を進む。

憂さ晴らしに一等のスィートルームで酒と女をあかせて豪遊するつもりだった。

あんな田舎暮らしでこびりついた垢《あか》を今夜のうちに洗い落としてやろうと。

「どの道あの街はもう終わりじゃ……！　ヤツらの言う『山の主』とやらが本当にいればじゃがな……！」

いや、実際に山の主なるモノがいて、その怒りに触れて街を滅ぼしてしまえばいいと思った。

いずれ英雄となり歴史に残る自分を蔑《ないがし》ろにし、あまつさえ追放したのだから。

その因果応報として一人残らず死んだとしても当然の報いだと思った。

「皆死ね！　死んでしまえ！　オレ様の偉大さがわからんバカどもに生きる資格はない!!」

怒りをぶり返しながらギズドーンは夜道を進む。

感情が高ぶってまともに前も見えていないが幸い誰にもぶつからず歩いていった。

夜も更けたとはいえ、彼以外路地に立つ者は一人もいなかった。

「このオレ様を解任だと!?　どれだけクソならそんなクソな結論になるんじゃ！　あんなクソ薬師の親玉もクソ議長も、オレ様の有能さに嫉妬しておるのだ！　自分の無能を棚に上げて！　だから事実を捻《ね》じ曲《ま》げてオレ様を陥れようとしているのだ!!」

そうして理不尽に追い詰められたのだから、抵抗も仕方ない。

山の怪物によって皆殺しにされたとしてもギズドーンの正当防衛であり、悪に下される正義の罰なのであった。

「エピクとてそうじゃ！　あんな実力を持っているなら何故オレ様にアピールしなかった!?　オレ様の采配で究極の冒険者に導いてやったというのに！　なんと道理のわからんヤツじゃ!!　冒険者ならギルドマスターの役に立つのが使命じゃろうが当然の!!」

彼の知る限りすべての人間へ八つ当たりが向かった。

そうしなければ窮地に陥った自分を正当化できないから。

「それにガツィーブのクソも……！　あのギルドで一番強いというから贔屓《ひいき》にしてやったというの

に！　所詮D級はD級じゃな！　ちゃんとしたギルドなら腐るほどおる凡骨よ！　その程度でつけあがるなど世間知らずなバカじゃな！　バカ!!」

　そのガツィーブを最後まで利用し、自分逃走のための捨て駒にしたのが彼だった。

　A級冒険者リザベータに敗北してから度重なる失敗続きでどん底のガツィーブ。

　そうしてプライドがズタボロになったところへ甘言を弄し、思うままに暴走させたのがギズドーンだった。

　彼が掌《てのひら》で踊らせられるのは、もはや何もかもを失った敗北者しかいなかった。

　しかしその敗者は想像以上に思うままになり、魔の森のさらに奥に住む『山の主』へと突撃していった。

『山の主さえ倒せばお前は最強の冒険者だ。バカにしてきたヤツらを見返せるぞ』と。

「そんな言葉を本気にして突っ走るヤツはバカの中のバカじゃ……！」

　山の主の下へ直通で行けるという抜け殻も役に立った。

　前任のギルドマスターから受け継いだものだが譲渡の際、真剣な顔で『山の主との相互不可侵の証明でもある。決して軽はずみに使わぬように』と言われたのを覚えている。

　バカなことだと思った。

　この世のすべての人もモノも、ギズドーンの役に立たなければ何の意味もない。

　自分が使ってやることは、そのものに意味を与えてやること。つまりソイツのためなのだ。

だからこそ自分の役に立つことを拒否したあの街は滅んで当然だと思うギズドーンであった。

「山の主などというたわけたものがいるなら怒れ！　怒って街を滅ぼしてみせよ！　ガツィーブもそれくらいやってから死ねよ役立たずが！　最期におれ様の役に立って死ねるなら最高の人生じゃろう！　ぐわはははははははッ!!」

「お前の期待通り、山の主様はお怒りだぜ」

誰もいないはずの深夜の路地に、ギズドーン以外の声がした。

いや何故そもそもここまで人がいないのか。

夜とはいえ、ギズドーンが辿りついたこの街はエフィリトよりも王都に近くずっと大きく栄えているのに。

「お怒りだからオレを遣わした。オレは山の主様からの怒りの使者だぜギルドマスター……！」

「お前はガツィーブ!?」

ギズドーンは信じられないものを見た。

彼の目の前にいるのは、彼自身が誑《たぶら》かした冒険者ガツィーブだったのだから。

「何故こんなところに!?　お前はたしかに山の主のところへ……!?」

そう、おだてられ唆されて正常な判断力を失ったガツィーブが駆け出していったのをギズドーンはたしかに見届けている。

あれは間違いなく魔の山へと向かったのだろう。

それから一目散に脱出したギズドーンをここで捕まえるには、突撃したフリをして尾行していたとしか思えない。

「オレ様に騙《だま》されたフリでもしていたのか!?　お前ごときに一杯食わされたというのか？」

「んなこたねえよ。オレ様はたしかに登ったぜ魔の山に……」

「では、なおさら何故……!?」

「偉大なる山の主様はすべてをお見通しってことさ。お前のくだらない企《たくら》みも全部な。あの御方の領域を乱した真の元凶も、お前だってこともあの方はすべてわかってらっしゃる」

ギズドーンは背筋が凍った。

頬《ほお》が引きつり、全身から嫌な汗が溢れ出る。

目の前のガツィーブから異様な気配を感じるからだった。

視線が、どこも向いていないようで自分だけを一点に突き刺すように見つめている。

この虚《うつ》ろに見えながら荒ぶる感情に満ちているようでもある目。

少なくとも正気とは思えなかった。

「山の主様はお前を罰することにしたのさ。そして処刑人に選ばれたのがオレだ」

「おい、ちょっと待てガツィーブ……！　まずは話し合おう……な……!?」

「苦しかったぜぇ……！　オレが山の主様から下された罰はよ……！　何度気が狂うかわからなかった。いやもう狂ってるのかもなあ！」

ギズドーンは周囲を見回した。

この街にも衛兵はいるだろう、冒険者も。そういう者たちが運よく通りかかれば助けを求めればいい。そしてこの凶人を取り押さえてもらえば。

しかし誰もいない。

彼と彼を狙う殺し屋以外は誰一人。

「既にこの辺りは主様のはからいで誰も近づけねえ。逃げられもしねえ。裁きの時だぜギルドマスター」

「違う！　オレ様はもうギルドマスターじゃない！　だから……！」

「地位がなくなろうとお前の罪は消えねえのさ。このオレを利用しやがった罪はな。お前に騙されたお陰でオレは、あんなところに行って、あんな苦しみを受けて……！」

さらにギズドーンは気づく。

ガツィーブの手に握られた一振りのナイフ。

それは小振りではあったが鋭く、装飾も細やかで、今まで彼が扱っていた武器の中でも間違いなく最高級品だった。

その高級な刃が狙う先はモンスターなどではなく……。

「山の主様は本当に偉大な御方だぜ。元凶であるお前を罰する役目をオレにお与えくださったんだからなあ。そのためにオレをここまで飛ばしてくれた……!!」

「ま、待てと言うに……！　オレ様はお前のことを高く買っておるんじゃぞ？　お前なら必ずやS級冒険者に……！」

「そうやってお前におだて騙されて、オレは道を誤った。山の主様の下でとことん悟ったぜ。お前さえいなければ、お前さえいなければオレは真っ当な冒険者でいられたんだ！」

「待て！　だから待て！　金ならいくらでも……！」

「ヒトの人生を弄びやがって！　報いを受けろギルドマスター！　これは山の主様だけじゃねえ！このオレからの怒りの刃だぁあああああッッ!!」

「ぎゃひぃいいいいいいいッ!!」

闇夜に、煌めくはずのない凶刃の輝きが煌めいた。

そしてすぐ、肉を裂く重い音が鳴った。

しかも一度ならず。

「ぐぎゃあッ!?　痛い、痛い!?　……ぐベッ！　ちょ、やめてくれ死んでしまうッ！　ぐごッ！オレ様が悪かった……金ならいくらでも払う……ぎッ！　本当に悪いのはエピクじゃ！　二人で協力してヤツを潰そ……ぐぎッ!?　ああ、オレ様の身体に穴が……！　ごめんなさい、ぎゃッ、ごめんなさいオレ様が悪かった……んごベッ！　だから命だけは……！　げッ、これ以上刺されたら死んでしまう……！　助け……、助け……!?　……ッ、これだけ謝ってるんだから許してくれても……、も……！」

人なき闇夜に騒音がこだまする。
皮が破れて肉裂けるおぞましい音、中年男の濁った悲鳴。
それらが交じり合って最悪のハーモニーを奏でた。
しかしそれらもすぐに消え、夜空に静寂が戻る。
残ったのは濃厚な血のにおいだけだった。
闇の中、既に動かなくなった肉の塊から人影が立ち上がり離れた。
そのままフラフラとした足取りで、闇の中に消えていく。
彼の行方は杳《よう》として知れない。

✚〈エピローグ〉英雄になった少年

そして僕らは戻ってきた。

この僕エピクの愛するエフィリトの街へ。

モンスターに出遭わないおかげで行きも相当楽だったが、帰りはさらに楽だった。

メドゥーサ様が転移の魔法で送ってくれたから。

頂上のお城から一瞬にして街の前だった。

転移の魔法は超上級で宮廷魔導士ですら使える人はごく僅かだと聞いたことがある。

そんなことを軽くこなせるなんてさすが山の主。

街の重役さんたちがあんなに恐れる理由が今の僕には身に染みてわかった。

衝撃の事実が判明して口数少なくなったスェルもいるが、とりあえず彼女より先に済ませておかねばならぬことがあった。

僕たちは街に戻るとすぐさま馬車に乗せられ、今まで近づいたこともない立派な建物に通された。

「ここは一体……!?」

「総督府だ。街の運営や法管理をここで担っている」

薬師協会長さんが同行して一緒に廊下を歩いている。

「帰ってきてすぐのところを悪いが、キミたちの話を聞きたがっている人たちがいる」

と薬師協会長さんは言う。

進んだ先のドアを開けると、比較的大きな部屋の中央を占拠するように大きなテーブルが据えられていた。

それを囲むように十数人が座っている。

いずれも年齢を重ねた壮年の男女だった。

一つだけ空いていた席に薬師協会長さんも座る。

「これにてエフィリト都市議員揃《そろ》いました。重要な使命を果たして帰ってきた功労者も」

「うむ、では始めよう」

そう応えたおじいさんに見覚えがあった。

あれは都市議長さんではないか。

「まずはキミたちの働きをねぎらおう。エピクくん、それにスェル嬢。よく生きて戻ってくれた」

「そのようなことを言っている場合ではありませんぞ議長!!」

卓を囲む一人が荒々しく立ち上がった。

あの人は僕知らないなあ。初めて見る。

「これは我が街存亡の危機です!!　悠長なことを言わずすぐさま持てる情報すべてを聞き出してのちの対策に……!?」

「鎮まれドァイサク、今さら我らに協議できることなどあるか？」

議長さんからの鋭い声。

その声に荒ぶっていた人はすぐさま萎《しお》れる。

「我々が生き残るに必要なことは、あの方がお許しになるか、ならぬのか。その回答のみ。それは彼らが告げるであろう。いわばエピクくんとスェル嬢はあの御方《おかた》の使者と言ってもいい。礼を失してはならん」

「は、はい……!?」

「さあ山から帰ってきて疲れたろうに。しかしもう一働き頼むぞ。とりあえずはそちらのソファに座るといい。立たせたままでは辛かろうての」

議長さんに言われるままにソファに座る。

スェルも並んで。

ちょうど議卓を囲む都市議さんたちと向かい合うような形になり、緊張する。

「では改めて聞かせてくれ。キミたちは魔の山に登ったのじゃな？　そしてあの御方に謁した？」

「その通りです」

「してどのような仕儀となった？　聞かせてほしい」

僕は問われるままに、魔の山の頂上のお城で起こったことを見たままに語った。

とりあえず僕たちが駆けつけた時にはガツィーブは既にメドゥーサ様に戦いを挑み、そして完膚なきまでにやられていた。

そのことを語るとまた激昂《げきこう》が上がった。

「何をしておるのだ！　不埒《ふらち》者を捕え何とか未遂に終わらせるしかなかったというのに、まんまとあの御方の下まで行かせたというのか!?　何のための追手だ役立たずが!!」

「黙れドァイサク」

議長さんのより鋭くなった声が飛ぶ。

「今は彼らの話を聞くのが先決と言ったはず。静かにできんなら退出せよ。邪魔じゃ」

「私も議長に同意します」

「わたくしも」

議員の何人かが声を上げることで、混乱はひとまず抑えられる。

気を落ち着かせて続きを語る。

魔の山で行われた、魔神にして女神メドゥーサと取り交わしたことすべてを。

「ひとまずメドゥーサ様は、今回のことは許してくれるそうです」

「それは……！」

場に安堵《あんど》が広がった。

それからより詳しい事情説明に移る。

メドゥーサ様が許してくれたのはまず、彼女が従えているペガサスを僕たちが助けたから。

他にも理由はあったが、それは話がややこしくなりそうなので伏せておいた。

「ただし、冒険者ギルドに預けていた通行証は没収するとのことです。害意ある者を差し向けながら再び与えるのはムシがよすぎると……」

「かまわんさ、その程度のこと。我々はあの方のお許しを得るため、ここにいる全員の首を差し出す覚悟だったのだ。それに比べればあまりにも軽い、あまりにも寛容な……！」

そこまでの覚悟で待ってたんです!?

そりゃ空気も重たくなるな……!?

「……あの御方がいつからこの地に降り、鎮まっているか人間は誰も知らない。少なくとも国が興るより以前のようだ」

沈黙を破るように薬師協会長さんが言う。

「あの御方の神気によって豊かになり、あの御方の魔気によって強力なモンスターが湧き出てくる。この地は他に二つとない実りの地だ。手に入れようと多くの人間が攻め込んだが、いずれも勝利できなかった」

昔の話ですよね。

「何度挑んでもあの御方の強大な力に蹴散らされ、人間側の惨敗。しかしある時一人の勇者があの御方の輿を引き、麓で住み暮らすことを許された」

「それがこの街の始まりだと言われている」

「その存在は国からも重要視されている。恵みをもたらす肥沃の土地としても、世界を滅ぼす荒神を鎮める地としても」

「だからこそ国から手を回してもらい、冒険者ギルドにＥ級相当の査定をつけさせた。下手に高い査定をつけると冒険者どもの注目を集めるからの」

「さすればどんなに禁じようと抜け駆けし、主に挑む者が出ようとする。まったく冒険者どもめ救いがたいバカどもよ」

「名を上げるためなら命も惜しみませんからな。それで死ぬのが自分だけならともかく、街の命運まで巻き込まれては堪《たま》ったものではない」

議員の方々が口々に言う。

とりあえずメドゥーサ様の御許しが得られたということで気が緩んだようだ。口も滑らかになってきた。

「今回とて災いの始まりとなったのは冒険者ギルドです。いかに許されたとはいえ何もせぬで済まされぬのでは？」

議員の一人が剣呑《けんのん》なことを言い出す。

さっきから声を荒らげている人だ。

「特に今回の騒動を教唆したギルドマスター、ギズドーンはいまだに行方知れず。速やかに追手を放ち、しかるべき落とし前をつけさせるべきです。ギルドに介入させてはいけません身内をかばう恐れがある。そうなる前にいっそ暗殺者でも雇い……！」

「滅多《めった》なことを言うでない」

一人白熱する議員を、議長さんが押しとどめた。

「ヤツについては我らが今さら騒ぐことでもない。ぬしはエピクくんの報告を聞いていなかったのか？」

ガツィーブが数時間の石化で精神をズタズタにされたのち転移魔法によってどこかへ飛ばされたことは既に伝えた。

「あの御方は、ソレをそのまま刺客に使われたのであろう。であればギズドーンにもはや生きる道理はない。どこぞで屍《しかばね》を晒《さら》しておることであろうよ」

確信めいた議長さんの口調は、恐れと、崇拝の感情を同時に含んでいた。

「それともぬしは、あの御方から死を決められて生き延びられる自信があるのか？」

「それは……ぬぐ……!?」

反論できずに押し黙る。

「もはや亡き者にかかずらわる暇はない。黙禱《もくとう》も不要じゃ。それよりもまずやるべきことがあるではないか」

「それは……？」

「感謝じゃ。我らの住む街を、我ら一人一人の命を救ってくれた英雄の、のう」

議長さんの目が真《ま》っ直《す》ぐ向く先は……、僕？

「エピクくん、キミの存在はまさしく救世主であった。あの御方は女神の慈愛を持ちながら、同時に悪魔のごとき冷酷さを併せ持つ。もし敵とみなされれば容赦なくこの街そのものを消し去ったであろう」

「それは……はい……！」

メドゥーサ様を直に見た僕としては煙に巻くこともできず、曖昧に肯定するしかなかった。

「そんなあの御方を鎮め、この街に下るはずの神罰を避けてくれたのはキミの働きに他ならぬ。かつて聖獣様をお救いしたというこの上ない善行。それがあの御方の慈悲を呼ぶことになった。他にも理由はありそうだが……」

議員の視線が一旦、薬師協会長さんの方を向きすぐに戻った。

ペガサスの件についてはメインはスェルで僕は付き添いに過ぎませんので、褒めるならスェルを！

「ワシは此度《こたび》、何とかワシ一人の命で落とし前がつけられればと思っていた。にもかかわらず誰の命も失わずに済んだのは最高以上の成果。それを遂げてくれたエピクくんには感謝しかない」

議長、席を立ち直立の姿勢から……。

「改めて、この街の代表として礼を言わせてもらう。この街を救ってくれてありがとう」

次々と後に続いて席を立ち、議卓を囲んでいた大人が頭を下げる。

さっきまで煩《うるさ》くわめいていた議員さんも、薬師協会長さんも同様だった。

こんな偉い人たちが僕のような若僧《わかぞう》に頭を下げてくれるなんて。

ギルドマスターなんかとはまるで違う、これが大人の振る舞いなんだなと思った。

◆

ともあれ魔の山騒動も決着を見て平和が戻った。

大きな変化は冒険者ギルドマスターがいなくなったこと。

魔の森炎上事件で、逃れようのない大きな責任を負ったギルドマスターは逃走。

今でも行方は知れない。

元から責められる立場にあった彼は、この逃げ出しでさらに印象を悪くし本人不在のまま都市議会にて解任動議が可決。

満場一致であったという。

この結果は直ちに世界中の冒険者ギルドを統括するギルド理事会へと送られ、さらなる審議の対象となる。

とはいえ肝心のギルドマスターが逃亡して不在なので、街側は日々の生活を守るためにも独断でギルドマスター代行を指名し、業務の保全に当たらせた。

そのギルドマスター代行というのが……。

「……本当に私でいいんでしょうか？」

ギルド受付嬢を務めるヘリシナさんだった。

僕がギルド所属していた頃から唯一優しくしてくれたお姉さん。

前ギルドマスターに反発し、その不正の証拠をひそかに集めていたことで都市議会から好印象を持たれたようだ。

「でも私は、結局直接的にギズドーンの暴走を止めることはできませんでしたし、エピクくんの不当な立場を改めることもできませんでした。むしろエピクくんを苦しめるのに加担した面もあります。ギズドーンを排斥したらその責任を取って退職するつもりでいましたのに……！」

「今ヘリシナさんに辞められたら冒険者ギルドはそれこそ終わりですよ」

彼女は冒険者ギルドに残った唯一の良心。

これからの立て直し作業に必要不可欠な存在となる。

「冒険者ギルドは人間社会に必要な組織なのよ。だからこうして存在し続けられる」

そう言ったのはＡ級冒険者のリザベータさん。

何故《なぜ》か今日、僕と一緒に冒険者ギルドに顔出ししている。

「冒険者ギルドの活動は何があろうと止めてはいけないの。たとえどんなに腐敗しようとも。腐った部分を切り落として自浄していく最中もクエストをこなして人々の生活を守らないといけないのよ」

「さすがＡ級冒険者のお言葉ですね。身に染みます……！」

ヘリシナさん、まして神妙な顔つきとなり……。

「ここまで来たからには私も腹を括《くく》って、違った形で責任を取ろうと思います。いずれはギルド理事会から新たなマスターが派遣されてくるでしょうがそれまでは、ギズドーンのせいで評判がどん底となったこのギルド、私が全力で支えていきます」

「いいぞその意気ー」

無頓着にはやしたてるリザベータさんやめてくれないかな。

「そこでお二人をお呼びだてした用件ですが……」

ああ。

それで僕らここにいるの？

「冒険者ギルドの立て直しのためにお二人の力を是非借りたいと思っています。まずはエピクくんには正式に冒険者ギルドへ復帰していただこうと」

「え？」

でも僕は、前のギルドマスターによってギルドをクビになった。

冒険者の資格も剝奪《はくだつ》されて……。

「本来ギルドマスターにも、気分次第で冒険者資格を剝奪する権限なんてないんですよ。ガツィーブのように重大な犯罪行為でもしでかしてたら別ですが。エピクさんは日々のクエストを失敗することなくこなし続けてきました。クビになる落ち度などありません」

「でも僕は最低のＦ級で……」

「Ｆ級だろうとＳ級だろうとクエストはクエストです。依頼者にとっては重要で失敗していいものなど一つもありません。それらを勤勉に成し遂げてくれたエピクさんは、誰にでも誇れる一人前の冒険者ですよ」

そんなこと言われると涙が出てくるんだが……！

ヒトから認められたことなんて滅多にないので……！

「だから先のクビ宣言はギズドーンが勝手に言っていたことで、理事会も承認していなければエピクさんの冒険者記録もしっかり残っています。何の手続きもなしに復帰可能ですよ」

「その、申し出は嬉《うれ》しいんですが僕は今薬師協会さんの専属になっていて、一人の判断では……」

「薬師協会には既に話を通してあります。エピクさんの判断に任せるということですよ」

「いつの間に!?」

「そもそもギルドを抜きにして冒険者と直接契約を結ぶのは仁義破りだと、あちらもわかっていますからね。ギズドーンの目に余る身勝手への緊急措置であるのはわかりますが、元凶が除かれたからには通常形態に戻さねば自分たちが不義理だとわかっているんですよ」

そうか。

すると僕はもう薬師協会さんで直接仕事は請け負えないってことか。

……。

なんか寂しい。

「薬師協会さんへの恩義を気にしているなら、あちらのクエストを率先して受けてあげればいいんですよ。クエスト内容を弄《いじ》れば指名依頼、依頼主への直接納品なんてこともできますし」

「癒着が疑われて手放しでお勧めできないけれどね」

そんな方法があるのか!?

よぅし、そういうことならギルドに戻っても薬草採取たくさん頑張るぞ!!

「いいえ、エピクくんには薬草採取以外も頑張ってほしいんですが……!?」

「ええッ!?」

「エピクくんの実力は大いに知れ渡りましたからね。スキルの応用法も覚えてモンスター素材も持ち帰れるようになったんでしょう？　エピクくんには是非ともギルド主戦力として森の奥へ入り、B級A級相当の素材を持ち帰ってほしいんです!!」

ふんぬッ、と気合たっぷりに言われてもどうしていいか困る。

ギルドに復帰できたとしても僕、依然として最低辺のF級でしょう？　そんな小者が大暴れして差し障りは……!?

「はい、ということでエピクくんの等級を上げることにしました」

「等級を上げる」

「ギルド復帰と共にエピクくんはＤ級冒険者です。私の権限ではここまでしか上げることができなくて申し訳ないですが」

いや、それでも充分望外のことですよ!?

冒険者となってから早数年。

その間昇格なんて機会すらなかったというのに。それがいきなりＥを飛び越えてＤ級に!?

「本当はＡ級ぐらいポーンと差し上げたかったんだけど。所詮ギルドマスター代行じゃこれが精いっぱいで……」

「それでも代行ごときの独断でＤ級昇格はかなり無茶《むちゃ》したわね。あとで査問なんか受けても知らないわよ」

「知ったことではありません。今の立場に未練ありませんので」

きっぱり言い切るヘリシナさんカッコいい……!

「まあ私から見てもエピクくんはＡ級ぐらいが妥当だと思うけど……。ユニークスキル持ちだからね！」

……。

メドゥーサ様曰《いわ》く、僕のスキルがユニークを超えた『神威』と呼ばれるものなんだってことは黙っておこう。

話を複雑にするだけだ。

「理事会からなんか言われたら私も弁護に回ってあげるわよ。　A級冒険者の証言はなかなか効き目があるから」

「その時が来たら頼りにさせていただきます。　ですが今もリザベータさんに頼みたいことは山積みですので」

「お、やっと私の方にも話が振られるのか？」

ここまでリザベータさん、何故いるのかわかんない状態だったしなあ。

「リザベータさんにはA級冒険者の手腕でギルド立て直しの助力をお願いいたしたく。　差し当たっては腑抜《ふぬ》けきった冒険者たちの再教育ですね」

それは元々この街のギルドに所属していた冒険者たちのこと？

僕がモンスターを『消滅』させまくったお陰で、そのおこぼれしか相手にせずすっかりぬるま湯に浸りきっている。

今じゃD級相当のモンスターが出ただけで瞬殺確定。

全体的にこんなじゃギルドの運営自体が立ち行かない。

「そこでリザベータさんには指導役に就いていただきたいのです。　A級にまでのし上がった経験と実績で、エピクくん以外の腑抜けた冒険者たちを一から鍛え直してください」

「予想通りのご要望でいいけどさあ。　でもこのギルドのヘッポコぶりって正直予想以上よ？　自分の無能さを隠すため狩り場に火を放つなんてさあ、根性叩《たた》き直《なお》す以前の問題なんじゃない？」

リザベータさんが話しているのは魔の森に火を放った事件のこと。

たしかにあれは街をも危険に巻き込みかねない狂気の所業で、もはや『心を入れ替えやり直します』なんて文句も通じないだろう。

「ご心配なく。あの事件に関わった冒険者は無論追及し、冒険者資格を剥奪してあります。いやー、さすがに犯罪に関われればサクサク進みますねー。街側の協力も得られますし」

「じゃあ最悪な連中は取り除けてるってわけね。でもそれはそれでヤバくない？　手に余るチンピラ同然の連中がまとめて失職したら治安の悪化に繋《つな》がるわよ」

「そう思って次の働き口はキッチリ紹介してあります。私をギズドーンなんかと一緒にしないでください。辞めさせて終わりなんて詰めの甘いことはしませんよ」

「……ちなみにどんな仕事紹介したの？」

「鉱山夫です。危険で自由も拘束されますがヘタすりゃE級冒険者辺りよりよっぽど稼げますから。紹介された人も喜んでいると思います」

「紹介という名の強制招集じゃないでしょうね……!?」

……と、とにかく治安が悪くなることはなさそうなので、よかった。

……。

一度は必要ないとクビにされて、その先で必要としてくれる人たちに出会えた。

彼らのためにも僕はできる限りのことをして、必要とされたことに報いていきたい。

差し当たっては。

薬草採取で。

「エピクさん！」

思うなりギルド入り口から元気な声で呼ばれる。

スェルだった。

「呼びに来ましたよ！　今日も一緒に薬草採取に出かけましょう!!」

「ちょっとアンタも行く気!?　アンタは冒険者じゃないでしょうに!!」

リザベータさんの注意も何のその。

スェルは声を弾ませて……。

「私は冒険者じゃありませんが、その依頼主です！　依頼主が同行して仕事ぶりをしっかり見守るのもあることだと思いますが!!」

「面倒な理屈を覚えくさって……!!」

そうして僕はスェルと共に薬草を探しにまた森へと入る。

進む先にはスェルの眩《まぶ》しい笑顔も映っていた。

✚〈特別編〉エピクの修行

こうして冒険者ギルドに出戻ってきた僕。

クビだと言われて追放されてからの奇跡の復活だ。二度とここへは戻ってこれぬと正直思っていたから戻ることができて嬉《うれ》しい。

正直ここには辛い思い出ばかりだが、それでも戻ってきて安心を感じるってことは、ここが僕のホームだという認識が根底にあるんだろう。

しかしながらここも昔通りの冒険者ギルドではなく、ギルドマスター他、ギルドの病巣と言うべき人たちが先日の騒動で軒並み失脚、姿を消した。

そのお陰で僕自身へ対する風当たりも少しは緩和されてるといいんだが……。

「そこぉーッ!!　何モタモタしてんの!?　素人かしらぁーッ!?」

そんなわけでもなかった。

復帰してもなお、罵倒と叱責を浴びる僕。

「いい!?　アンタらが冒険者を名乗ろうなんておこがましいことなのよ！　ぬるま湯に浸りきったアンタらはハッキリ言って素人同然！　ヘタすりゃ素人の方が勇敢まである！　そうなりゃアンタらなんちゃって冒険者なんか無意味よ！　存在自体が無意味よ!!」

帰って早々『何でそこまで言われなきゃいけないの？』レベルまで言われる。

しかし待て？　これは僕一人に向けられた言葉なのだろうか？

ギルドの広間には、僕以外の多くの冒険者たちが居並んで、しかも一様に緊張しきった青い表情をしている。

この叱責が、ここにいる全員に叩《たた》きつけられているかのように。

「アンタたちがこれから先も冒険者を続けていきたかったら、これまでの甘さを捨てなきゃダメなのよ！　これまで冒険者ごっこしかしてこなかったアンタたちを、一から鍛え直して真の冒険者にしてあげるわ！　このＡ級冒険者リザベータがね!!」

リザベータさん？

この罵倒の主はリザベータさんだったのか。

しかし何故《なぜ》ここに？

「これからこのギルドは新生していかないといけません」

ギルド受付嬢のヘリシナさんもいた。

マスターの逃げ出したこのギルドを実質支えているのはこの人だ。

「前マスター体制下で所属冒険者の質はどん底レベルまで落ちていますからね。これを是正しないと立て直しなんてとてもままなりません」

現在ギルドに残っている冒険者は、前マスターの暴挙についていけず最後まで行動を共にしなかった人たちだ。

そのお陰で問われる罪も軽く、ギルド残留を許された。

逆に許されずに犯罪者として収監されたり、それを拒んで逃走した人などがガツィーブを始めとして十何人かはいる。

そうしてごっそり空いた穴を埋めるためにも、残った人たちはより一層頑張らなければならない、ということ……か？

残った冒険者たちとて前ギルドマスターの悪事に『積極的に』加担しなかったというだけで、長年堕落ギルドに浸りきっていて腕もなまりきっている。

彼らの意識……そして能力を最低水準まで引き上げるには相当強力な指導官が必要となるだろう。

「その点リザベータさんはA級冒険者まで登り詰めた人ですし経験豊富。訓練教官としてこれ以上の適役はいません。前マスターの要請でやってきた人がこんな形で助けになってくれるなんて……皮肉な話ですね」

「では早速訓練といくわよ！……あぁ？　なんだって!?　『訓練なんて兵士のすることで冒険者のすることじゃない』？　ほざくな半人前どもが！　事前の基礎訓練で、新人冒険者の死亡率が著しく下がることは既に立証されてるのよ！　アンタらなんぞズブの新人と変わらない練度なんだから基礎訓練で当然でしょ!!　つべこべ言わずにひた走れ!!」

リザベータさんの一喝で残留冒険者たちは追い立てられ、街の外周を何回も走らされることになった。

「うぉおおおおおッッ！」

「アンタらは基礎体力からして水準を満たしてないのよ！　まずは一日中走り回っても息切れしない程度のタフさを身につけなさい！」

「きえぇええええッッ！」

「それが終わったら座学よ！　知識は身を助ける！　あらかじめ履修しておいたサバイバル知識のお陰で生還できたっていう冒険者はたくさんいるのよ！　アンタらみたいな実力のない玄人気取りほど知識をバカにするものだけれどね!!」

「はひぃいいいいッッ！」

「そこまで基礎が身についたらようやく実技よ！　冒険者は対人対モンスター双方の身のこなしを覚えておかなければいけない！　このアタシが直々に組手して、実戦で生き残れる動き方ってのを叩き込んであげるわ!!」

「はひゃぁあああああッッ!!」

「あれッ？　エピクくん何でいるの？」

何でいるのと問われましても！

僕もギルドの一員として強制参加させられてるんですが！

「エピクくんは既にA級に匹敵するぐらいの能力を持ってるんだから基礎訓練なんて参加しなくて

もよかったんだけどね」

「学び損の、しごかれ損!?」

「その流れに逆らえない性格は早く直した方がいいわね」

　じゃあ街の周りを走り回って他の冒険者たちを周回遅れに追い込んだり、『入門冒険者～プロが教える一〇八の基礎知識』を丸暗記するほど読んだり、リザベータさんの関節技で靭帯《じんたい》伸びそうになったのも無駄な努力だったと!?

「無駄な努力なんてこの世には存在しないわ」

「そんな月並みな慰めみたいに言われても!」

「まあ、今日の訓練は冒険者の基礎中の基礎を教えるものだから、たとえベテランが受けても損のない内容になっているわ。基礎っていうのはいつでも誰にとっても役立つものなんだから」

　むしろ長年戦い抜いてきた玄人ほど、駆け出しだった昔を忘れて基礎がおろそかになってしまうもの。

　大切なことを思い出すためにおさらいするのも悪いことじゃない、って……。

　それも僕には関係ないような!

「むしろエピクくんは、ロクな指導も受けずに我流でここまで来たような子でしょう?　だったらなおのことちゃんとした指導を受けるべき!　安心なさい、この私が手取り足取り冒険者のイロハを教え直してあげるわ!!」

「結局やることは変わらなかったーッ!?」

いかなる例外も見逃さない鬼教官リザベータさん。

実際、彼女の指導は厳しくも的確で、真面目に学べば学ぶほど有益なものが自分の身についていくと自覚できた。

初めて会ってからずっと実感しづらかったがリザベータさんってやっぱり凄《すご》い人だったのかもしれない。

指導の厳しさ的確さはもちろんのこと、それに輪をかけて凄かったのは組手の時。

『冒険者の誰もが使える動きを教えてあげる！』というので一人一人マンツーマンで、彼女自身が組み合って個別指導してくるんだ。

僕も指導してもらった。

当然のことながらスキル使用禁止で体術だけでリザベータさんと取っ組み合いになるんだが、一回も勝てなかった。

ある時は投げられ、ある時は殴られて……。

またある時は組み伏せられて関節を逆向きに押されたら『痛いですギブギブギブ、ギバーップッ!!』と泣きわめくしかなかった。

もちろんリザベータさんだって普段使っているサーベルは使わないで素手だ。

万全の戦闘態勢でない点では同じ条件なのに、どうやったって勝てない。

僕も一応男なんだから純粋に腕力だけなら女性のリザベータさんより勝っている。

……はずなのに、どうにもならないほどのボロ負け。

それはもちろん他の更生冒険者たちも同様で、誰一人としてリザベータさんにパンチ一発当てることすらできない。

中には不埒《ふらち》な人もいてリザベータさんが女性なのをいいことに、勝ち負けとかもうブン投げてドサクサ紛れに胸やお尻を触ろうとする輩《やから》などもいた。

しかしそんな人たちもリザベータさんに巧みに捌《さば》かれ、手を叩き落とされて、指一本触れられず却《かえ》って何倍もこっぴどく叩きのめされるのがオチとなった。

あの人って、本当に凄い冒険者だったんだな……、と思い知らされた。

「もしかして、私のことをただイキッてる口だけ冒険者とでも思ってた？」

「いえいえいえいえいえいえッ！　滅相もない!!」

「エピクくんみたいに強力なスキル持ちほど基礎がおろそかになるものよ。普通なら苦労する状況でもゴリ押しできるから。最初に覚えておくべきことを覚えないまま進めてしまう」

唐突に何の話？

「そういう人が調子に乗ってる時ほど実はヤバいのよ。どんなに凄《すさ》まじいユニークスキル持ちでも、ナイフ一本突き出すだけで死ぬ時は死ぬ。実際そうやって期待の星だったルーキーがあっけなく死んじゃうことが何回もあった」

リザベータさんが愁いを帯びた表情で呟《つぶや》いた。

その口調からは実感の伴う苦みが読み取れた。

「エピクくんがそんなことになる前に基礎を叩き込めたのは本当によかったと思うわ。ぬるま湯冒険者モドキどもを鍛え直すのが当初の目的だったけど、思わぬ副産物があったものね」

「いや、僕はそんな調子に乗れるほど強くないですが……」

「これだけの凶悪スキルを生まれ持ちながら、どうしてここまで謙虚になれるのかも謎よね。傲慢になるよりは何倍もマシだからいいんだけど……」

リザベータさんは苦笑を浮かべた。

なんだかよくわからないが、僕はそれまでにないぐらい鍛えられて、翌日無事筋肉痛と成り果てたのだった。

◆【リザベータ視点】◆

Ａ級冒険者リザベータは今日行った訓練の内容を思い出す。

大半の訓練対象者は取るに足らず、名ばかりの冒険者を一から仕立て直すというべき作業になる。

当然骨が折れ、リザベータも一日が終わる頃にはクタクタになって、提供された宿舎に帰るなりバスタブに自分自身を放り込む。

プロの冒険者の中には、秘境生活を長くするためか入浴の習慣が身につかず、街で暮らしても何日と清めない者もいるが、リザベータはこまめな入浴好きだった。

元々の育ちがいいのもあり、入浴できる設備があって身を清めないというのはあり得ない。

特に今日は訓練教官として体を動かしたのもあってバスタブいっぱいに張ったぬるめの湯に裸身をのびのび伸ばす。

入浴でリラックスしながら、それでも頭から締め出すことができないのは昼間散々しごき倒した一人の少年のことだった。

「エピクくん……」

彼が強豪であることはわかりきっている。

生得のユニークスキルは強力無比、恐らくは効かない相手のいないあのスキルが最前線に立てば、今ある冒険者たちの障害を軒並み消し尽くし、その使い手は新しい時代の代表としてその名が轟《とどろ》き渡《わた》るだろう。

しかし今日の訓練で、エピクの恐ろしさがそれだけでないことも再認識できた。

「普通に冒険者として強者なのよね、あの子……」

彼自身は、特に先達《せんだつ》の指導を受けるでもなく我流で冒険者としてのノウハウを積んだとされている。

薬草採取のクエストしかしてこなかったものの、そのため毎日のように魔の森へと入り、魔と自然の脅威が重なる場所でサバイバルの経験を積んできた。

それゆえエピクはスキル云々《うんぬん》以前にキッチリとした実力を備えた冒険者だった。

四肢も鍛えられていて体力もあり、感覚も研ぎ澄まされていて注意深い。

訓練であるためにスキル使用は禁止されていたが、それでなおリザベータの組手に最後までついてこられたのはエピクただ一人だった。

「単純に身体能力だけでもCかB級並に上がれるわよね彼……」

完全な我流ではあったが、それでも積み重ねられた経験は本人を裏切らない。

とかく地道なことを軽視しがちなユニークスキル持ちで、悪《あ》しきセオリーに囚《とら》われないエピクはそれだけで驚異的と言えた。

惜しむらくは積み上げた知識と経験が、我流のみでしかないということだが、よき師に巡り合えなかった運が悪いというだけで彼自身の非ではない。

しかもその欠点も、もはや改善の目途がついている。

他でもないまさに今日、正統なA級冒険者であるリザベータが彼の稽古をつけてやったのだから。

彼女こそ、ギルドの正規訓練所で冒険者のイロハを学び、実戦にて弛《たゆ》まず磨き続けてきた正統派の中の正統派。

そんな彼女が培ってきた技と知恵をエピクに注ぎ込めば、どうなるか。

想像するだけでリザベータは高揚に打ち震える。

究極のスキルを持ち合せながら、自分自身を鍛え、知恵知識の大切さも忘れない。冒険者としてひたすら理想的なエピクに、実際的な『身』を与える。

その役割を自分が担うことに、歴史の証人となれるような喜びをかみしめるリザベータだった。

ということを考えてバスタブに浸り続けていたら、すっかりお湯はぬるくなって風邪をひいてしまうのであった。

薬草採取しかできない少年、最強スキル「消滅」で成り上がる

Yakuso saishu shika dekinai
shonen, saikyo skill
"sho-metsu" de nariagaru

MFブックス

薬草採取しかできない少年、最強スキル『消滅』で成り上がる 1

2023年4月25日　初版第一刷発行

著者　岡沢六十四
発行者　山下直久
発行　株式会社KADOKAWA
〒102-8177　東京都千代田区富士見2-13-3
0570-002-301（ナビダイヤル）
印刷・製本　株式会社広済堂ネクスト

ISBN 978-4-04-681574-3 C0093

担当編集　森谷行海
ブックデザイン　おおの蛍（ムシカゴグラフィクス）
デザインフォーマット　ragtime
イラスト　シソ

本シリーズは「小説家になろう」（https://syosetu.com/）初出の作品を加筆の上書籍化したものです。

ファンレター、作品のご感想をお待ちしています

宛先
〒102-0071　東京都千代田区富士見2-13-12
株式会社KADOKAWA　MFブックス編集部気付
「岡沢六十四先生」係「シソ先生」係

二次元コードまたはURLをご利用の上
右記のパスワードを入力してアンケートにご協力ください。

https://kdq.jp/mfb
パスワード
k55sa

● PC・スマートフォンにも対応しております（一部対応していない機種もございます）。
●アンケートにご協力頂きますと、作者書き下ろしの「こぼれ話」がWEBで読めます。
●サイトにアクセスする際や、登録・メール送信時にかかる通信費はご負担ください。
● 2023年4月時点の情報です。やむを得ない事情により公開を中断・終了する場合があります。

神様のミスで異世界にポイっとされました
I Was Thrown Out To Another World Caused By God's Failure.
~元サラリーマンは自由を謳歌する~
でんすけ
densuke
イラスト:
長浜めぐみ
STORY
神様のミスで異世界へ飛ばされた
元サラリーマンのコウ。
彼が神様からお詫びに
授けられたのは、
若返りと魔法能力だった。
彼は三年間魔法を鍛え続け、
規格外の魔法使いとなって
異世界ライフを
堪能していくが……!?
3年間鍛えに鍛え上げた魔法で
元サラリーマンの
魔法師は
我が道をゆく!!
MFブックス新シリーズ発売中!!
MFブックス

サムライ転移
SAMURAI gets ISEKAI'd.
〜お侍さんは異世界でもあんまり変わらない〜
四辻いそら YOTSUTSUJI ISORA イラスト:天野英
STORY
難敵を求めて武者修行の旅に出ていた黒須は、気が付くと未知の土地に足を踏み入れていた。そこが異世界であるという発想にも至らぬまま、黒須は初めて目にする敵たちに心躍らせる——。
「異世界」×「お侍さん」のアンマッチ感がクセになる新感覚ファンタジー!!
第7回
カクヨムWeb小説
コンテスト
異世界ファンタジー部門
特別賞
受賞作
異世界を
斬り進め!
ちょっとズレてるサムライの
血気盛んな冒険譚!!
MFブックス新シリーズ発売中!!
MFブックス

辺境の魔法薬師
自由気ままな異世界ものづくり日記
えながゆうき
イラスト：パルプピロシ
STORY
ある日女神に「私の世界の魔法薬を改革してほしい」と頼まれ転生すると、そこでは「最低品質」「ゲロマズ」「もはや毒」の三拍子が揃った悪夢のような魔法薬がはびこっていた！　辺境伯家の三男ユリウスとして転生した俺は、前世のゲームスキルを活かし魔法薬改革をスタートさせる。
第7回 カクヨムWeb小説コンテスト 異世界ファンタジー部門 特別賞 受賞作
激マズ魔法薬を発展させながら、
のんびり ものづくり スローライフを楽しみます！
MFブックス新シリーズ発売中!!
MFブックス

走りたがりの
異世界無双
～毎日走っていたら、
いつの間にか世界最速と
呼ばれていました～
坂石遊作
イラスト：諏訪真弘
転生したから走りたい！
才能ないけど
好きなことします！
第7回
カクヨムWeb小説
コンテスト
異世界ファンタジー部門
特別賞
受賞作
生まれつき足が不自由だった男は、ある日異世界に転生する。彼は貴族の長男・ウィニングとして生まれ変わり、
領主になるべく育てられるが、彼の興味は、前世で憧れていたこと――自由に走り回ることにしかなかった！
MFブックス新シリーズ発売中!!
MFブックス